江南疯诗词集

氿歌

江南疯 著

上海文艺出版社

图书在版编目（CIP）数据

汍歌／江南疯著．—上海：上海文艺出版社，
2024

ISBN 978-7-5321-8930-4

Ⅰ．①汍… Ⅱ．①江… Ⅲ．①诗集－中国－当代
Ⅳ．① I227

中国国家版本馆 CIP 数据核字（2024）第 006419 号

责任编辑　毛静彦
特约编辑　长　岛
装帧设计　长　岛

汍歌——江南疯诗词集

江南疯　著

上海世纪出版集团　上海文艺出版社
上海市闵行区号景路 159 弄 A 座 2 楼　201101

上海文艺出版社发行中心发行
上海市闵行区号景路 159 弄 A 座 2 楼 206 室　201101　www.ewen.co

苏州市越洋印刷有限公司印刷

开本 880×1230　1/32　印张 13.5　插页 2　字数 258,000
2024 年 1 月第 1 版　2024 年 1 月第 1 次印刷
ISBN 978-7-5321-8930-4/I·7033　定价：88.00 元

目录

目录

新体诗选

自序：话诗

　　说到写诗，其实是很久远的事了。中学时代，几个懵懂的孩子模仿古代文人骚客相互酬唱，这是我学习写诗的开始。几十年过去了，时断时续，有感觉就写一些，不做无病呻吟，也没有作为一项副业认真对待。所以，从未公开发表过。今天出版这本诗集，只是对过去的创作和所走过的路做一个总结。

　　创作诗词，我以为要把握好三个要素：一曰境，二曰情，三曰美。所谓"境"，就是触发你创作诗词的原生因素。王国维先生称之为"有造境，有写境"（《人间诗话》二）。因此，"境"是构成诗词的骨架，作者从什么样的角度去理解、认识、辨析、表现这个"境"，就成为了创作诗词最初的出发点，决定了"情"的表达。所谓"触景生情""借景抒情"就是这个意思。"情"是每一首诗词所承载的作者的情愫，可以是豪放的、愉快的、婉约的、忧伤的等。"情"是一首诗词的灵魂，就像围棋中的气，没有气就是死棋。表现情愫最重要的是掌握好"度"，使情愫与境象相互映衬，情境交融。"美"，是一首诗的表象，包括诗词中的文字之美、形式之美、韵律之美。诗词作品一定要力求形式与内容的统一，选择恰当的形式来表达内容，增加内容的感染力，渲染气氛，扩展诗词的张力。选择使用文字不仅是表达意境和情愫的要求，也是营造节奏的基础。使用合适的文字，可以与情境匹配，构建起抑扬顿挫的音韵，进而增强诗词的艺术魅力。总之，"境""情""美"三者的有机组合，就形成了一首诗的境界。有境界的诗词一定具有艺术价值，正如王国维先生所说："词以境界为最上。有境界则自成高格，自有名句。"(《人间诗话》)

诗词创作表面看是一个艺术创作过程，本质是一个价值思辨和思想升华的过程。要成为一名诗词作者，掌握一定的创作方法很重要，但自身的素养更重要。有认真、细致观察事物，认识、辨别环境的习惯；有良好的人文精神、敏锐的情感激发和博爱的情怀；有勤于思考和勇于探索的精神；能坚持阅读，且猎涉广泛。这些都是作为一个诗词作者必须具备的条件。因此，提高自身修养，完善个人品质，才是写出好诗词的基础。

是为序。

2022 年 2 月

旧体诗词选

山上春色

梨树披雪霜满地，蜂蝶争艳舞轻姿。
半山片片白云飞，黄莺婉转叫新枝。
溪水潺潺流碧玉，翠竹森森出新泥。
驻足听曲谁在弹，春山处处唱新诗。

1979 年 4 月

清 明

风吹山坡纸钱飞，墓茔烟绿春草迷。
行人带戚低头过，跪拜先祖插祭旗。
两支蜡烛照地府，三盏浊酒寄悲思。
细雨撒落伤心路，轻叹恩润报已迟。

1979 年清明作，1983 年清明改

沁园春·善卷洞 ①

天目余冲，曲宛山梁，满野苍葱。叹贤人善卷，逍遥
心意，远行挂帽，山洞听松。炫目高芬，兰香深谷，斗酒
飞鹏遨碧空。今何在？看人间凡响，摇曳风中。

独唯秀岭如龙，恰侈口、徐徐呼惠风。吼狮厅幕动 ②，
寒宫象舞，银花火树，乳吻穹窿。飞瀑清泉，天河汇聚，
一叶轻舟划彩虹。瑶池转，盖玉皇仙府，滑落尘蓬？

1979 年夏作，2010 年冬改

---

① 善卷洞是江苏宜兴著名的溶洞旅游景区，其洞体分为上、中、下和水洞四层，
　水洞可以划船。据《慎子》载，最早入住洞中者为贤人善卷。相传舜以
　天下让善卷，善卷坚辞不受，入深山而隐居此洞。
② 善卷洞首先参观的景点叫狮象大场。因一边的巨石像狮子，一边的巨石像
　大象而得名。

路遇拉车老者

　　放学路上，遇见老者，奋力拉车，艰难运石。为其感动。

赢马卧槽心不甘，步履蹇涩身尤酣 ①。
勤劳筑起千秋路，不学王孙半日闲。
我是马驹却偷免，奋蹄仰仗师扬鞭。
愧见眼前拉车人，读书自此头梁悬 ②。

1979 年 6 月作，2009 年 10 月改

---

① 蹇涩：艰难，困厄。
② 头梁悬：即引"头悬梁"的典故。东汉时，读书人孙敬常读书至夜深，为防瞌睡，用绳子将头发牵在房梁上。

登铜官山 ①

　　铜官山属天目山余脉，为宜兴境内较高山岭，也是本地百姓茶余饭后的谈资。山高超五百米，山势倾斜，山顶平坦。暑期，余采药卖钱补书费而至山顶，举目远眺，山峦叠翠，连绵起伏，兴味盎然。

　　　天目俯视铜官高，屹立亿年迎风潮。
　　　古木参天蔽烈日，长草覆没弱螭蛟 ②。
　　　怪石嶙嶒似瘦骨 ③，山泉汩汩好自嘲。
　　　我今登临铜官顶，采药不比古渔樵。

1979 年 8 月，2019 年 11 月改

---

① 铜官山：位于宜兴城西南约七千米，古时称君山、南山、金鹅岭。据传此山曾产铜，因设铜官之司管理之，故改称铜官山。
② 螭蛟：蛟龙，此处意指蛇。
③ 嶙嶒：意指山石突兀。

落 叶

昨晚秋风起，今朝树半空。

满野飞秋色，带恨入泥中。

我心已破碎，何故揉残红。

收来煮茗时，香气暖长冬。

当思春日至，新姿满树丛。

1979 年 11 月

题祝英台读书台 ①

黄花多情带露开，秋风徘徊读书台。

惊问碧叶何凋落，再叹痴魂谁余哀。

彩带七色当空舞，粉蝶双飞去蓬莱。

世间长叹相思句，哪堪寻迹拂藓苔。

1979 年 11 月作，2010 年 11 月改

---

① 相传祝英台为宜兴祝陵村人。宜兴善卷洞后山建有一亭，内设一石台，是
  为祝英台读书之地。

天净沙·开禁樵柴 ①

晨星晓月青天，朔风寒径人喧，攘攘熙熙
渐远。朝阳初焕，樵夫挨满山间！

1979 年腊月作，2010 年 11 月改

溪 边

今日春暖。傍晚，约几同学河边闲坐，偶成一曲。

春满溪水蓝，轻柳拂晚霞。
偶闻西施语，抬眼见娇娃。
娇娃汰衣衫 ②，低眉不作答。
落日早绯红，挥臂赶乌鸦。

1980 年 5 月

---

① 大集体时代，山岭归集体所有，平时禁止百姓上山砍柴。每年只有在农闲
的腊月才会向百姓开放三至五天，允许百姓上山砍柴。百姓称之为"开禁
樵柴"。
② 汰衣衫：洗衣服。在吴语系中，"洗"这个动作一般用"汰"表示。如洗
澡称为"汰浴"、洗碗称为"汰碗"，如此等等。

知高考录取消息后书

天黑云低路泥泞，肩负篮担脚底沉 ①。
远灯闪烁指路否？濯足溪边细思陈。
同窗一语将心惊，正榜列名喜见君。
甩开扁担大步走，志拾青紫向前奔 ②。

1980 年 8 月作，2009 年 11 月改

　　后记：1980 年 7 月，高考结束后，我回家务农。
8 月上旬某日晚 8 点多，我从田里挑了一担竹篮回家，
距家 150 米左右，有同学高声告诉我，高考成绩发布，
你考上了。我顿时激动得不能自已，将竹篮扁担直接
甩了出去。

---

① 篮担：指用于装肥料或禾草的竹编农具和扁担。
② 拾青紫，典出《汉书》卷七十五，汉夏侯胜对学生说："士病不明经术，
　　经术苟明，其取青紫如俯拾地芥耳。"后遂以"拾青紫"形容以学问求富贵
　　和地位。作者之意是立志努力学习，改变人生，奔向更为光明的前景。

玉楼春·就学路上

求学远蹈金陵路，别语千言情哽住。
仕贫宜效聚萤读^①，勿忘椿萱田上苦^②。

眼充泪水心扉悟，不负春光无自负。
相拥折柳汍湖滨^③，此去杏坛求玉树^④。

1980 年 9 月作，2010 年 12 月改

观《刑场上的婚礼》后书

壮举千古扬，刑场作洞房。
志士信仰笃，碧血染鸳鸯。

1980 年 10 月

---

① 聚萤读：即晋人车胤囊萤读书的故事。此处意指向车胤学习，刻苦读书。
② 椿萱：父母的代称。唐牟融《送徐浩》诗："知君此去情偏急，堂上椿萱雪满头。"
③ 汍湖：指宜兴城西的团汍。
④ 玉树：南朝宋刘义庆《世说新语·言语》："谢太傅问子侄：'子弟亦何预人事，而正欲使其佳？'诸子莫有言者。车骑答曰：'譬如芝兰玉树，欲使其生于阶庭耳。'"后以玉树称美佳子弟。此处指要使自己成为有用之材。

重阳日赴金陵五首

其一

年年重阳年年新，今年重阳起新程。

不插茱萸不登顶，浩浩心思飞金陵。

其二

重阳金陵遍秋风，老树唱秋金色秾。

古刹隐隐丛林密，新楼耸立擎苍穹。

其三

秋冷人暖情融融，新朋旧友喜相逢。

谁道重阳多悲悯，茱萸一把如心红。

其四

石头城边师生聚，笑语盈盈话别离。

论说三年历世事①，拳拳之心敬吾师。

---

① 作者 1982 年毕业，至 1985 年离校三年。

其五

同窗相聚情意涌，阔论绮梦织懋功。

他年建树欢庆时，勿忘今日重阳逢。

1985 年重阳节

秋 天

——答友人

霜晨亮高地，红叶染山林。

秋意无限好，空怀九折心[①]。

吾辈醉十月，缬眼数天星。

听雁苍穹远，抚榻慈亲温。

已沾嵇绍血[②]，难守三时门[③]。

1997 年 11 月

---

① 九折心：典出《汉书·王尊传》，明吴廷翰有诗《有感示儿》："贾谊平生泪，王阳九折心。"意指王阳避险孝亲。

② 嵇绍血：典出《晋书·嵇绍传》，指忠臣之血。宋陆游诗《读唐书忠义传》："我思呆卿发，可配嵇绍血。"

③ 三时门：典出《礼记·文王世子》，意指孝养父母。唐韩愈有诗句："一纪尊名正，三时孝养荣。"

无 题

夜朦胧，心凝重，风雨不解愁情浓。遍撒
珠粒哭当笑[①]，这烦恼，华灯空照怎知晓！

1997 年 12 月写于南京回常熟路上

致春节后上班的人们

佳节随风去，热宴渐已凉。
感恩新时代，不忘旧年光。
心怀欢欣意，疾步奔朝堂[②]。
如梅斗风寒，似樱吐春芳。
匹夫皆守志，神州当辉煌。

2001 年 1 月 29 日

---

① 遍撒珠粒：指天下雪珠。
② 朝堂：古代指官员议政之处，此处意指工作场所。

江南春满

春风满江南，万物出新葱。
原野生朝气，阡陌起绿丛。
花艳引蜂蝶，叶嫩织翠蓬。
田麦拔杆节，乡色发鲜荣。
近湖秀水绿，远山黛色浓。
黄鹂鸣晨霞，紫燕穿宇穹。
小桥飞轻纱，深巷流香风。
春醉烟雨时，诗意惊寒鸿。

2003 年 4 月

赴京感怀

四十五岁出剑门 ①，白发当旗梦铸魂。
不是夸父去逐日，只借天梯摘星辰。

2004 年 3 月 22 日

---

① 剑门：指常熟虞山山顶上的剑门，相传为吴王夫差试剑之处。

寄 妻

一别糟糠二三月，款曲汨汨日与夜。

晨起著衣思青丝，暮从廨返缺笑靥①。

更念老病缠肠时，谁举良药秉灯炧②。

人生屯蹇也常事，守住贫心修玮烨③。

2004 年 6 月

后记：甲申年卯月（2004 年 3 月），余应召赴北京工作，至巳月，已近三月。期间，工作、生活、人际欠熟，思家心切日盛，聊赋小诗一首寄妻。用仄韵。

---

① 廨：古时官署的简称，借指工作地。

② 灯炧：灯烛。

③ 玮烨：美丽的色彩，此处借指工作成就。典出晋葛洪《抱朴子·交际》："单弦不能发《韶》《夏》之和音，孑色不能成衮龙之玮烨。"

哭 舅

吾舅仙逝齐偓佺①，鸾舆黼黻赴瑶田②。
英名茂实存乡党，青春葳蕤邻里传。
遥想箩筐作驷车，百里千钧敌峭寒。
最难甥儿饥馁时，节齿短衣供笈奁。
吾哭吾舅溘然去，未曾举案捧香泉。
素竹戚柳鸣悲风，山涛訇訇亦枉然。

2004 年 9 月 28 日（甲申年中秋）

初夏登香山

僚朋约郊游，香山聚宝光。
举目皆绿色，低头山花香。
坡平路无险，骄阳催汗淌。

---

① 偓佺：传说中的仙人。《列仙传》："偓佺饵松，体逸眸方。足蹑鸾凤，走超
腾骧。遗赠尧门，贻此神方。尽性可辞，中智宜将。"
② 瑶田：传说中仙人的园圃。唐鲍溶《与峨眉山道士期尽日不至》诗："瑶
田有灵芝，眼见不得尝。"

道程多古意，绚秋堪忧伤①。

家国梦繁华，华夏图自强。

香炉峰前立，既见新东方。

2005 年 5 月

东北行

风凛凛，月青青，灯朦胧，车轰鸣，满怀
豪情东北行。沟壑知否，不辱使命。

人纷纷，言声声，烟弥漫，铃咶叮②，直书
胸意说行情。各抒己见，鏖战群英。

2006 年 4 月 9 日

后记：我受命代表中电国际赴哈尔滨与龙煤集团
谈 2006 年煤炭采购事。煤炭呈现卖方市场，供不应
求，价格疯涨，工作压力巨大。

---

① 绚秋：指绚秋林，原建筑为重檐方亭。乾隆有《绚秋林》诗。1860 年毁于
英法联军之手，仅留殿基和乾隆镌题的"叠翠"石刻等。
② 咶叮：原意为金属碰撞声。此处借指电话铃声不断。

仲夏思

绵雨不知春去，新晴方知夏深。

绿浓蝉噪意沉沉，一束凉风点清。

躬身田垄祖辈影，汗水蕃育土地魂。

而今离土忘粗①，楼宇穿梭新耕耘。

不受骄阳高照处，何敢忘却农人？

2006 年 7 月

中秋寄友人

月满心空照，故人信茫茫。

秋风不识面，只闻黄花香。

红豆数几许，大雁南归行。

捎上冰心壶，娑婆澄清凉。

2006 年 10 月 6 日（丙戌年中秋）

---

① 粗：本意翻松土壤，借指农活。

戏题太原郝刚刚羊杂店

题记：2006 年 11 月，去太原。晨起，司机带我去郝刚刚羊杂店早餐，店铺生意炽盛，等餐者过百。

柳北口上郝刚刚，三丈店面一锅汤。
香飘九衢十八街，食客熙熙争品尝。
门前排起长龙阵，不惜光阴等一缸。
你看啊！
长龙阵里老中青，工农士商聚一堂。
吃上的喜气荡漾，未吃的翘首觊张；
喝汤的呷呷作响，咬饼的咝咝味长；
喝汤喝得汗流面，嚼得羊杂满屋香。
人人脸上喜乐乐，个个心里暖洋洋。
心满意足出店来，都想道道郝刚刚。

2006 年 11 月

归 人

题记：2006 年 11 月，去晋日久。友人电话遥问何日归，有感。

马蹄踏月摧人归，恒山阻隔南归途。
塞外秋风擂石鼓，五台山上灌醍醐。
青灯照我空躯壳，莲花瓣里心启悟。
想入非非迎般若 ①，菩提树下拜浮图 ②。

2006 年 11 月

---

① 《楞严经》有"如存不存，若尽不尽，如是一类，名非想非非想处"之语。
② 浮图：即指佛陀，也指和尚，有时也表示佛塔。此处指佛陀。

为大丰风电场围堰施工而作

题记：中电国际新能源控股有限公司投资建设的大丰风电场建在黄海滩涂。风力发电机组建设需要先做围堰，以防海潮侵蚀。围堰施工之困难，施工人员之气概，施工办法之简陋，为之震撼。我任现场总指挥，吃住现场的感受凝结成以下言语：

黄海厉风多啸吟，十万雄兵战海神。
舞起乌龙千万条①，掰得敖广半颗鳞②。
机船塑棚当营站，一身泥浆命半存
滩涂鏖战过两月，衔泥筑巢引风魂。
吾辈有情扶天下，守住蓝天为子孙。

2007 年 8 月

① 乌龙：指筑围堰用的巨型黑色编织袋。
② 敖广：神话中东海龙王的名字。

七 夕

题记：七夕乃我国民间传统节日。是日，女子祭拜七姐^①，乞求巧艺^②；同时传诵着牛郎织女故事。近年，有商家将其改为"中国情人节"以图贾利。

仙女痴心走凡间，王母金簪割情缘。
人借喜鹊渡良知，留得悲情万古传。
可恨商家阴图利，牵着牛郎赚赏钱。
浮生真情共朝夕，西窗剪烛看月圆^③。
同守古风弄乞巧，休教铜锈污仙颜。

2007 年 8 月 19 日（丙亥七月初七）

---

① 七姐：指七仙女。
② 乞求巧艺：亦称乞巧。古时候，女子通常于七月七日夜，在庭院中设祭案，供鲜花、果品、胭脂，向天焚香祭拜，并对月穿针，向七仙女乞求智巧和心灵手巧的技艺，希望自己能像七仙女一样美丽动人，聪敏伶俐。
③ 西窗剪烛：唐李商隐《夜雨寄北》诗有"何当共剪西窗烛，却话巴山夜雨时"之诗句。此处借指团聚之意。

为甘肃中电酒泉风电场投产而作

金戈十万舞翩跹，铁马锁定疏勒川①。
气吞云沙吐金海，万里戈壁开白莲。
狂风只为银线引，舒展山河是桑田。
碧血洗尽千秋恨，丹心耿耿祭张骞。

2007 年 11 月 12 日

后记：甘肃中电酒泉风电场建在甘肃酒泉瓜州县北大桥戈壁滩上，是国家大力开发河西走廊风电资源战略中的重要项目，总装机 100 兆瓦，安装 133 台新疆金风科技生产的 750 千瓦风力发电机组。项目2007 年 3 月开，2007 年 10 月完工，单位造价人民币7100 元 / 千瓦。工期和造价都创造了先进水平。我作为中电国际新能源控股有限公司的负责人，多次到现场，与现场工作人员一起为项目建设服务。

---

① 疏勒川：疏勒河，甘肃省河西走廊内流水系第二大河流，发源于祁连山的疏勒脑，归于哈拉湖（榆林泉），干流流经青海天峻县、甘肃肃北县、玉门市、瓜州县、敦煌市等地。

过苏通大桥 ①

题记：2008 年 6 月 18 日，首次过苏通大桥，气势磅礴，直达云天，感动不已，写下诗句，以兹纪念。

浩浩汤汤扬子江，自古天堑隔州乡，
虞山狼山长相望 ②，虞姬望郎空牵肠。
而今国富民丰穰，挥毫泼墨画玉梁，
绝世卧龙飞江上，康衢箭直车自航。
诗人乘风游大矼 ③，脚登云汉思飞翔，
华夏复兴百年响，还看今朝红日旸。

2008 年 6 月 28 日

---

① 苏通大桥是一座位于江苏苏州与南通之间的桥梁。2004 年 7 月始建，2008 年 6 月通车。该桥全长三十二点四千米，跨越长江段长八千一百四十六米。犹如凌空长虹，横跨在杨子江上。
② 虞山在江苏苏州常熟市境内；狼山在江苏南通市境内。
③ 矼：石桥。

东莞行

一

树绿山才青，民富国是强。
工厂鳞栉比，机器隆隆唱，
烟囱似林立，高速达四方。
岭南无闲田，遍地有银行。
百姓荷包满，衙门聚财忙。

二

城市遍花草，四季飘清香。
官路宽百丈，宝车飞流光。
街衢弥贵气，商铺陈琳琅。
铢衣衬玉体，耳颈佩宝珰，
更有风流儿，身着万金裳。

三

酒肆无所忌，一杯十万洋。
佳肴食无味，天人逮来尝 ①
夜来霓虹闪，妙女梳妖装，

---

① 天人：东莞有吃荷花雀的传统，现已被禁。

歌声传千里，舞影满锦房，
只少丝竹声，疑是古秦扬。

四

回首看珠江，江水恨绵长：
我本清如许，养尔粤地郎。
谋钱污毒我，似害亲爹娘。
如我水流腐，尔喝臭水汤，
地上无所出，世代必遭殃。

五

举头望天空，天空诉衷肠：
蓝天尽染灰，白云去他乡，
太阳怒白脸，星月已生疮，
如有雨师来，落下醶酸浆。
尔若痴迷糊，欢歌成报丧。

六

惊雷醒酒酣，黑水清目障。
还我江水清，还我天雨旸。
高唱金瓯颂，挥剑斩魍魉。
重听忠义声，东坡酒意畅。
信义理钱财，迢迢银汉长！

2008 年 10 月　写于东莞

026

重游大丰风电场围堰

重游辛苦地，豪情胸中生。
海潮滚滚涌，不垮志成城。
可叹东流意，英雄折戟瀛[①]。
清风空悲号，陪我自哀鸣。

2009 年 2 月 19 日

给东兴热电全体员工

零丁洋边不伶仃，红旗漫卷清风兴。
静水不显深流涌，百号精英成一兵。
西方摇落金融旗[②]，东方犹念道德经。
共渡时艰终不悔，东兴高悬精进灯！

2009 年 7 月 7 日于东莞

后记：2008 年初，余兼任东莞东兴热电厂董事长、总经理，带领员工上下求索，企业经营业绩、管理水

---

① 瀛：大海。
② 美国暴发金融危机近一年。

027

平有了长足的进步，成为了中电新能源的利润中心。余于2009年7月离职。离别之际，心潮起伏，写此诗向全体员工表达心意。

生 活

天高流云淡，燕山树色深。
京城日月红，远郊天地新。
楼宇光画动，村郭莺奏琴。
世间秀欣荣，莫负天鸿恩。

2009年7月23日于北京

秋 荷

绿瘦红残恨秋风，老叶苦娉婷。小荷不识秋风起，翘首争冠缨。

秋雨挥手折莲蓬，摇落一腔情。蛙声不再秋水冷，余香绕残茎。

2009年9月12日

中国六十年

六十华诞祖国新，中秋即临温情亲。
民富国强先贤愿，双节相连胜新春。
黄河两边人舒乐，祁连山上月光温。
长江流水皆财富，黎民勤进遍地金。

2009 年国庆节

秋 江

瑟瑟秋风掠秋江，数过重阳千树黄。
残阳喋血映碧水，华林暮空挂星霜。
几片林红风中泣，一岸木叶叠遗芳。
鱼火点点对冷月，寒鸟叽叽落惊惶。

2009 年 11 月

花与人

读关于花的书而作。

花开花落起春秋，人成人空听天留。
人花相盈皆缘善，百花雅仕长风流。
渊明采菊言心志，敦颐爱莲说身修。
梅兰竹菊树风骨，丁香紫薇诉幽忧。
少女相思比石榴，骚客情绪似牵牛。
叙今追古爱花人，一缕清魂守香丘。

2009 年 12 月 14 日

斗三魅 ①

钱

财无边，莫贪婪，免得心中生烦冤。

人活空，非富穷。一碗热粥，开心正端。欢！欢！欢！

权

权登天，楼阁间，记住行善积机缘。

身健康，心向阳。白云天狗，一样百年。甜！甜！甜！

色

色如烟，艳福寒，莫忘糟糠度苦艰。

诱惑多，怕志夺。一把心锁，挡住迷鸳。安！安！安！

2010 年 3 月 28 日

---

① 钱、权、色是人生中有魅之物，处置不当，当陷其害。

仲春雨后黔西回贵阳路上（三首）

雨后春色

近树滴青色，远山织彩屏。

林中雾气动，山岰岫烟升。

繁花欣欣语，鹧鸪扑扑惊。

新叶晶晶亮，野草偷偷青。

六广门

奢香借吴剑[①]，劈开六广门。

河水蓝如黑，飞瀑吐紫云。

古寺飞崖上，僧侣颂清音。

彩虹半天挂，宝车出要津。

---

① 奢香：指奢香夫人（1358—1396），彝族著名政治家，原名舍兹，又名朴娄奢恒。元末明初，为维护民族团结和国家统一做出了重大贡献，是一位建立过丰功伟业的巾帼英雄。

田家

山坡聚田家，白墙映绿色。

鸡鸣山村幽，风动炊烟仄。

老田新雨洗，牧笛鸟语饰。

牵牛入坝田，雨后当耕稷。

（《平水韵》入声十三职韵）

2010 年 4 月

题马缨杜鹃 ①

望帝醉春寄杜鹃 ②，滴血枝头满树红。

火焰燎亮半边色，万朵昂扬待青骢。

2010 年 4 月 12 日

---

① 黔西"百里杜鹃"风景区号称地球彩带，景区内生长着各种高大的杜鹃树，
花开时节，各色杜鹃花竞相怒放，漫山遍野，千姿百态，铺山盖岭，五彩
缤纷。有一种名为"马缨"的杜鹃花，其花朵硕大，颜色鲜红，犹如骏马
头上的冠缨。

② 望帝：传说中的蜀王杜宇，号望帝，因水灾退位隐居山中，死后化作杜鹃，
日夜悲鸣，泪尽继而流血。

百里杜鹃赞

青纱笼花海，云锦排达来。
临近细观赏，索玛彩衣带①。
"马缨"红似火，裁来做裙钗；
"露珠"鹅黄秀，绾发簪花戴；
"迷人"粉红韵，妙手抹香腮；
"大白"银色亮，编织新华盖。
和风带香为君伴，暖阳弄色催春开。
老树千年长，年年争春芳，
披红挈紫携黄白，争奇斗艳乌蒙台。
新枝叶叶盛，簇拥密密升，
绞碎霞绡挂满茎，百里青山飘云英。
游山观杜鹃，误入神仙殿。
满目繁花道不得，醉倒仙人怀。

后记：2010年4月12日，参观百里杜鹃景区。
人云，百里杜鹃是地球的彩带，世界的花园。进入花
区，花团似锦，一望无际；红、白、黄、粉，各式杜鹃，
争奇斗艳，且为天然乔林，为之愕然。

---

① 索玛:指索玛花，是彝语对杜鹃花的称呼。百里杜鹃所在地域为古彝人居住区。

为黔西电厂 ERP 系统试点成功而作 ①

智海浩瀚任驰骋，脚路崎岖凭竞心。

万缕千丝需剥茧，抽丝倚仗领路人。

西天借来伊尔普 ②，铸我神通九弦琴 ③。

抚琴拨弦弹一曲，九狮静听天籁音 ④。

企管大业斯是立，只待后人细推陈。

2010 年 8 月 16 日

为金元集团首届职工田径运动会而作 ⑤

风卷残云出天光，百鸟和鸣清气扬。

乌蒙山下黔西厂 ⑥，金元健儿聚一堂。

彩旗风中舞英姿，彩球凌空显志气。

---

① 黔西电厂：贵州金元集团下属企业。

② 伊尔普：英文 ERP 的中文象声词。

③ 九弦琴：意指在黔西电厂试点成功的 ERP 系统有五个业务领域，两个中心，一个基础平台，另加集团级编码体系，共九大板块，就像九根琴弦，在企业管理中，弹奏出和谐的乐章。

④ 九狮：黔西县城四周环山，犹如九头狮子围住县城，有"九狮闹黔城"之说。

⑤ 金元：指贵州金元集团有限公司。

⑥ 黔西厂：指贵州金元集团所属黔西发电厂。

信心满满入场来，竞技场上写华彩。

发令枪响身如燕，夺得头魁姚小彦^①。

我虽无暇全程观，但叫天旸惠健儿。

朝气映日满天红，斗志惊地神仙动。

田赛场里传捷报，径赛道上多英豪。

金元从此更欢颜，龙腾虎跃敢争先。

生产经营自做主，降本增效谱新篇。

2010 年 8 月 19 日

蝶恋花·李煜 ^②

读《林花谢了春红》（赵晓岚著，人民文学出版社）作。

文胆那堪成嗣主^③，才解风情，却上伤心路。

千里江山寒夜雨，子民家国聊无趣。

冤血林潘宋暗渡^④，谁入千秋？泫泣心何

住^⑤，锁住小楼千万绪，客乡肠断宾天去！

2010 年 10 月

---

① 姚小彦：获得八百米跑第一名的职工。

② 李煜：南唐后主，治国理政上毫无建树，但他开创了中国古代文人词之先河。

③ 嗣主：继位的君王。

④ 林：指林仁肇，南唐著名将领，被李煜错杀；潘：潘佑，南唐虞部员外、史
馆修撰、知制诰。因死谏李煜抗宋被诽谤而自尽。

⑤ 泫泣：流泪哭泣的样子。

体虚之惑

人虚幻境多，酣睡梦难醒。
休戚何可知，身弱魂飞惊。
夜深意懵懂，灯暗志不明。
书读阑珊时，始知路难行。

2010 年 11 月

元　宵

花树高千尺，繁星落九重。
常娥托玉盘，吴刚邀雷公。
远近社鼓响，上下彩灯荣。
珍馐满桌面，琼浆碰千盅。
国泰相聚畅，铺乐元宵中①。

2011 年 2 月 17 日

---

① 铺乐：会聚饮宴为乐。

为换职名作 ①

两年蹬云南北飞，频见海日闻天鸡。
青云落在青岩里，夜郎驱奔更奋蹄。
廿五加倍非赢老 ②，八十挂零执帅旗。
此生不求留青史，但愿清魂能归息。

2011 年 11 月 25 日

---

① 2009 年 7 月至 2012 年 6 月，作者曾在贵州金元集团工作，期间经历过职
　务名称变更。
② 廿五加倍：意指五十，作者当年五十岁。

出 路

天色如铅重，更思日熙光[①]。

寺院不见佛，众僧只卖香。

吾心有莲花，何处是华藏[②]。

自修致良知，知行合一堂。

2011 年 11 月于贵阳黔明寺

后记：某日无事，外出游览。至一寺前，见天色阴沉，杂乱无章，叫卖声喧嚷，没有半点净土之意。孔方兄统治了这个世界，我们的精神出路在哪里……

---

① 熙光：意指灿烂光辉。《三国志·吴志·华覈传》："越从朽壤，蝉蜕朝中。熙光紫闼，青琐是凭。恖挹清露，沐浴凯风。效无丝毫，负阙山崇。"
②《华严经》上说，华藏世界是一个庄严、美妙、圆融、和谐、清净的莲花藏世界。

为纪念中电新能源公司成立五周年而作

风起酒泉吹黄海 ①，电生南国照北疆 ②。

铁血五年九折路 ③，额珠破识成辉煌 ④。

莲灯点亮娑婆夜 ⑤，天道尤赖铁金刚 ⑥。

云在青天水流碧，即雨仁风济慈航 ⑦。

2011 年 12 月

后记：中电新能源控股有限公司成立于 2006 年。2006 年 12 月至 2009 年 7 月，余在该公司工作。

---

① 中电新能公司最早的两个风电项目一个在甘肃酒泉戈壁滩上，一个在江苏大丰黄海之滨。

② 中电新能公司最大的发电企业在广东东莞，而开发北方新能源发电资源为其重要战略。

③ 九折路：指曲折多险阻的道路，此处意指企业发展过程中经历的困难。南朝陈阴铿《蜀道难》诗："轮摧九折铿，骑阻七星桥。"

④ 额珠破识：额珠即指念珠，因有定数故称。亦指"额上珠"，喻众生皆有佛性。佛教唯识学认为，识就是烦恼，是有漏的、染污的，修行成佛必须"转识成智"。此处意为用自性和自觉破除漏识，成就了新能源的辉煌。

⑤ 莲灯：即莲花灯，亦称智慧之灯；娑婆：即娑婆世界，我们居住的世界。用新能源的智慧点亮现实世界，实现能源开发应用的变革。

⑥ 金刚：原指佛教中佛的侍从力士，因手持金刚杵而得名。此处意指坚持走清洁发展的"天道"，需要金刚一样的护法。

⑦ 即雨：本意是风停了，天即将下雨，此处借以表达及时雨有救万物于赤烈之下之意；仁风：形容恩泽如风之流布，语出《后汉书·章帝纪》："功烈光于四海，仁风行于千载。"

2011 年 12 月，应邀参加了该公司举办的五周年纪念活动。

梦 觉

空山新雨有却无，白云晚霞色入壶[①]；
古泉清流灌三界，松涛訇然正石浮[②]。
梵音轻轻送般若，香烟袅袅无垢污。
空读诗书三千卷，不谒山门心迷途。

2012 年春

后记：壬辰春月某日，半夜醒来，依稀记起梦境，似乎有所觉悟，有此诗。

---

① 此处引唐元稹《幽栖》诗"壶中天地乾坤外，梦里身名旦暮间"之意。
② 石浮：是非颠倒。清钱谦益《再次敬仲韵》之七："邹阳下狱悲金铄，陆贾逢时叹石浮。"

壬辰年中秋（三首）

一

半百人生路，今日月儿新。

黛色满苍穹，清辉洗凡心。

妻儿共对月，杯酒说旧文。

都市虽喧嚣，与我无相亲。

二

嫦娥托玉盘，吴刚捧金樽。

玉盘有团月，金樽盛香醇。

佳节同相拥，良宵共温馨。

焚香望江南，拜月谢祖恩。

三

满月挂树梢，鸟禽入竹林。

湖面生霜色，空中流青雾。

遥想古月下，骚客多苦吟。

古今月色同，不见题诗人。

2012 年 9 月 30 日

羊年新雪

初十晨，霾已除，雪飘飘，祥瑞照，心欢愉。

银霭玉屑入凡境，疑是螭龙撒珍珠 ①。
京城新天一片白，瑞羊下凡霾兽除。
洋洋散散漫天舞，童叟相约护鸟雏。
拜石不忘皇初平 ②，一声呼喝羊满坡。

2015 年 2 月 28 日，正月初十日

---

① 南北朝·宋刘义庆撰《幽明录》，把仙境中的羊描写成螭龙，羊须中藏有三颗珍珠，人们吞食第一颗时，可以与天地同寿；如果吞第二颗，可延年；如果吞第三颗，可充饥。这里借用此故事，表达羊年能满足人们的愿望。

② 正月初十，传说中的石头生日，这一天人们都祭祀石磨等石用器具。《神仙传》载：丹溪人皇初平，年十五岁，家中要他去放羊，有位道士见他为人善良谨慎，便带他到金华山的石室内，四十多年没回家。他的哥哥皇初起四处寻找，后来在市场向一位道士求卜，道士说：金华山有个牧童皇初平，是你弟弟吗？他听了大喜过望，立即跟随道士入山，果然兄弟相见。初起问："羊在何处？"初平答："羊在山东边。"初起去看，并不见羊，便说："山东边无羊。"初平答："羊确实在那里，哥哥没有看见。"于是，兄弟俩一同去看，初平大声呼喝："羊起来。"这时，所有白石变为羊，满山坡尽是咩咩声。

闲 赋

题记：有友相聊，曰："尔欲何为？"答曰："闲而悠。"

息影南山陲，乘鹤抚紫云。
无寐数星斗，有神听梵音。
田垅沁草色，小河淌蓝春①。
卅年旧时光，门前一片芸②。

2015 年 6 月 14 日

---

① 白居易有《忆江南》词曰："日出江花红胜火，春来江水绿如蓝。"
② 芸：指芸苔，即油菜。

丙申年正月初四日镇江雨中沿长江跑步偶得

羊日云积暠不开 ①，淬炼自强无徘徊。

浟濴斜注催梅急 ②，旧苇横陈待春来。

仙子镇龙定三山 ③，江天连幕接玉瑰。

欣喜只身画中游，恣意奔疾忘却回。

2016 年 2 月 11 日

---

① 羊日：指农历正月初四。晋人董勋《问礼俗》载曰："正月一日为鸡，二日为狗，三日为猪，四日为羊，五日为牛，六日为马，七日为人。正旦画鸡于门，七日贴人于帐。"在老皇历中占羊，故常说的"三羊（阳）开泰"乃是吉祥的象征，也是恭迎灶神同民间的日子。暠：光明、明亮。

② 浟濴：小雨。

③ 三山：指镇江的金山、焦山、北固山。《金山民间传说》（江苏人民出版社）收有仙女为镇住恶龙，拯救百姓，从天庭碧玉宝库中盗取定龙珠镇住恶龙，最后被打入凡间形成"三山"的故事。

三 伏

　　《水浒传》中有一首写三伏天的诗，诗云："赤日炎炎似火烧，野田禾稻半枯焦。农夫心内如汤煮，公子王孙把扇摇。"今天入伏，天气炎热，想起野外劳动的人们。

赤日炳爆焚苍穹①，火云翻转压金龙。
楼宇晃漾白光惨②，原野惊寂暑气红。
吴牛喘月无去处③，又听云中声訇咚。
骤雨如注地气升，隔墙尚觉热浪烘。
身手未动汗如注，堂前欲睡人昏庸。
更怜筑造负重人，半衲遮背烈炎中④。
欲请箕星诵咒语⑤，乘风同入广寒宫⑥。

2016 年 7 月 17 日

---

① 炳爆：光彩迸射。
② 晃漾：光影摇动。
③ 吴牛喘月：吴地（江淮一带）天气炎热，水牛怕热，看到月亮误以为是太阳，大口喘气。唐李白《丁都护歌》："吴牛喘月时，拖船一何苦。"此处指害怕炎热，但没有清凉世界可去。
④ 半衲：半件缝补过的衣服，此处指短袖衫。宋张耒《劳歌》："半衲遮背是生涯，以力受金饱儿女。"
⑤ 箕星：二十八星宿之一，古代传说中的风神。
⑥ 广寒宫：古代传说中月亮上的宫殿。唐鲍溶诗《六宿水亭》："夜深星月伴芙蓉，如在广寒宫时宿。"

记天宫二号发射成功

今天，适逢中秋，我国第一个真正意义上的空间实验室天宫二号发射成功。内心无比兴奋和自豪，中华必将振兴，民族定当复兴，国家一定辉煌。

中秋月圆夜，聚亲节景浓。
月华水光滑，夜明青天空。
神力举神州，嫦娥接天宫。
英雄开云幕，中华腾巨龙。

2016 年 9 月 15 日

感　怀

三十五年锦衣梦，一朝醒来秋草黄。
铁靴一挂轻身去，万里云天拜韩湘①。
从此天涯无限路，渡头长亭惊暗香。
自信人生当过百，晚晴深处藏春光。

2016 年 9 月

———————

① 韩湘：指八仙之一的韩湘子。

祭 友

苦柳哀鸿遍九重，寒蝉衰草愁深秋。

苍天缘何惨苦我，故友岂遽入坟垆。

四十一年汪伦情①，黄泉刀动即告休。

再逢重阳何为乐，茱萸插遍孤影忧。

2016 年 10 月 9 日（丙申年重阳日）

后记：好友潘公三天前离世，今天入葬。我与潘公多年交情，他的离世，我的痛苦难以言表！

---

① 唐李白《赠汪伦》诗有"桃花潭水深千尺，不及汪伦送我情"之句。

踏莎行·乘车由京赴沪有感

　　铁马飞驰，丘原碧烁。千帧锦画眼前掠。
京城渐远万重山，离人浊泪涟涟落。

　　天地存生，岁月无错。旧时守望东楼廊[①]。
双眉霜挂尚余芳，麟驹赶道雄心乐[②]！

（词林正韵第十部入声）

2017 年 5 月 5 日

---

① 东楼廊：中国传统文化中，以东为贵、为主，东楼一般系指主人宴客之地。
② 麟驹：一种良马。

常电财务同事重聚作

好雨凭东风，真情出善心。
昨日离别意，依稀牵衣襟。
今朝王四会，叙别情更深。
无需论成败，惜缘念天恩。
来日无限好，长路携手奔。

2017 年 5 月 28 日

后记：我在江苏常熟发电厂工作了十六年，长期从事财务工作，2004 年调离，2017 年 5 月与当年财务科老同事在常熟王四酒家重聚。

清平乐·怀人

当年纤手，祭起青春咒。粉绘双蝶飞皓袖①，约誓青梅同嗅。

岁衰春去紫惆，如今秋鬓带羞。山水阻纤长路，青梅依旧绸缪？

2017 年 5 月

———————

① 皓袖：白色的衣袖，有纯洁之意。

赴浙江象山路上

山山重相叠，绿色既连天。
竹林深似海，风起波浪掀。
山塬嵌翡翠，阡陌交叉连。
峦谷存碧水，临潭见暗泉。
山村鸡鸣声，空峡悠远传。

2017 年 7 月 9 日

寒露词

露凝重，霜色浓，秋连冬，心已空，悲喜勿为物华从。秋色深深草叶黄，秋声凄凄蝉鸣稀，秋风阵阵繁花落，秋雨丝丝客悲戚，但见秋阳高照日，硕果累累惊眼迷。人心自古多由绪，寄情秋色道纷挠。我言秋意关日月，沉醉婆娑思寥窲①。今日寒露明日春，枯荣衰繁地昭昭。尘球四季皆天意，觉心清凉乐滔滔。

2017 年 10 月 8 日

---

① 寥窲：幽深貌。语出《文选·王延寿〈鲁灵光殿赋〉》："隐阴夏以中处，霒寥窲以峥嵘。"李善注：霒、寥窲、峥嵘皆幽深貌。

浪淘沙·秦皇岛

潮涌伴狂风，白浪汹汹。孤舟搅卷海涛中。
记点共航平恶浪，今下谁同？

海雾锁寿峰①，眉皱烟浓。雨接天海际涯
空。登陟碣石学古义，启业昭忠。

（词林正韵第一部平声）

2017 年 10 月 11 日

鹧鸪天·戊戌春节

序

今天是农历戊戌年第一天，大年初一。在中华民
族的传统中，是最重要的日子之一。整个中国、全体
华人都沉浸在欢乐的节日气氛中，感受着时代进步带来
的快乐，享受着国家发展带来的幸福，用热烈而豪放
的方式和情绪庆祝节日。或许因为"戊戌"两字在中国
历史上的特殊意义，我的心头总有一种沉甸甸的感觉，

---

① 寿峰：指长寿山的山峰。长寿山位于山海关城东北大约九千米处，因山上
留有大量古今"寿"字刻石而得名。

想起了"康梁",更想起了热血英雄谭嗣同,想起他"我自横刀向天笑,去留肝胆两昆仑"的豪迈与悲壮。正是有许许多多与谭嗣同一样不屈的灵魂,铸造了我们的国家,铸造了民族的精神,才使我们这个民族能绵延五千年而不绝,我们的国家能够长期屹立于世界的东方!在这样一个欢乐欢庆的日子里,我们除了开心过节,还能干点什么?怀念一下先烈们,别忘记他们,也许也是过节的一种好方式。

爆竹声中旧岁除,阖家欣喜庆年初。
春风吹醒昨夜树,残雪融催冷蕊珠①。

双甲子,戊戌儒②,复生碧血洒陈都③。
新国既已园林胜,彝命肩担拓锦途④!

2018 年 2 月 16 日

---

① 冷蕊珠:指梅花的蓓蕾。
② 双甲子:戊戌变法至 2018 年已经过去了一百二十年,两个甲子;戊戌儒:意指参与戊戌变法的儒生们。
③ 复生:谭嗣同,字复生;陈都:即旧都,意指清代的国都。
④ 彝命:常命,指祖宗遗命,此处意指复兴中华之使命。

早 梅

残雪犹未消，知春只有梅。

疏影迎朔风，暗香独俳回。

玉枝琼苞碎，半红半白开。

2018 年 2 月 23 日

与友同游宜宾竹海

薄雾轻幔笼湖色，碧水白练醉影迷。

船家邀客几声呼，白鹭惊飞乱鸣啼。

清风拂竹雨奏曲，烟岚迷嶂山弄姿。

翡翠长廊留欢笑，忘忧谷里齐吟诗。

2018 年 7 月 5 日

小 暑

小暑顺时到，雷火即侍来①。
温风蒸夏月，火伞欲旁开②。
鹰鸷嚣苍昊③，蛐蛐入薜苔。
时节天既定，静心守书斋。

2018 年 7 月 7 日

行香子·白露

寄住楼重④，忘燕遗鸿。见滴露，误作珠琼。东西两氿⑤，菡萏失红。更无烟翠，柳清寂，水清泓。

秋乡入画，萦梦玲珑。想当年、气锐峥嵘。

---

① 雷火：指雷鸣闪电。
② 火伞：红色伞盖，比喻烈日。唐韩愈《游青龙寺赠崔大补阙》诗："光华闪壁见鬼神，赫赫炎官张火伞。"
③ 鹰鸷：即鸷鹰。小暑三候时，因天气炎热，鸷鹰离开地面，飞向高空。
④ 楼重：意指多层之楼。唐皎然《奉陪陆使君长源诸公游支硎寺（寺即支公学道处）》诗："缭绕彩云合，参差绮楼重。"
⑤ 东西两氿（jiǔ），是指位于宜兴城东西两边的东氿和西氿。

人生秋半，白露匆匆。正高秋爽，觥秋悦^①，晚
秋隆。

（十三韵中东韵）

2018 年 9 月 9 日

断 梅

　　题记：晨跑，过梅苑，见断梅数枝。适逢深秋天阴，
秋风萧瑟，浮想联翩，悲从心来，纪念应忘却的人。

　　秋风化雨千行泪，熬血铸字记断梅。
　　葳蕤篷阴惹地狗，英枝向天遭惊雷。
　　残叶入泥成香垆，败花飞天走瀛台。
　　再逢春潮梅开时，疏影暗香入梦来。

2018 年 10 月 22 日

---

① 觥秋，指聚会饮酒时候。唐韩愈《答张彻》诗："觥秋纵兀兀，猎旦驰駍駍。"
钱仲联集释引蒋抱玄："觥秋，谓会饮之时也。"

三亚过冬至节感怀

天地有情节候催，海角天涯客惊怀。

年年冬至寒意重，岁岁梅开阳气回。

绿树艳阳吹笙瑟，繁花紫皮捧祭杯。

方物迥异乡风殊，五蕴交合佳节来 ①。

坐看海天云潮涌，笑说人间梦花开。

2018 年 12 月 23 日

忆秦娥·纪念毛主席诞辰 125 周年

昆仑裂，九州欲覆空残月，空残月。狼嗥虎啸，困龙声咽。天骄嚖旦心如铁 ②，雄才百折擎天阙，擎天阙。宴清四海，暖阳高晔。

（词林正韵十八部入声韵）

2018 年 12 月 26 日

---

① 五蕴：佛教中五蕴指"色、受、想、行、识"五事蕴结不分，此处意指复杂的感受。

② 嚖旦：呼叫以报晓。语出《周礼·春官·鸡人》："大祭祀，夜嚖旦以嘂百官。"此处意指觉醒而奋臂振呼之意。

回家过大年

人头攒动过年忙，摩肩接踵奔故乡。
爹娘翘首多企盼，家人团聚话短长。
雪落大地兆年丰，雨洒江天呈世祥。
戊戌有苦已散尽^①，己亥厚福如日光^②。

2019 年 2 月 2 日

后记：电视上看到人们为春节而奔忙，火车、飞机一票难求，高速路车流如洪，码头、车站人满为患。虽然雨雪纷纷，但回家过年的那份执着，让所有人不惧困难。过年团聚的传统维护了中华万年亲情。

① 戊戌：指戊戌年。此处指 2018 年。
② 己亥：指己亥年。此处指 2019 年。

己亥年正月初八日出门办事喜逢大雪

久旱不见六棱开，今朝白浪扑面来。
桃杏喜雪笑不语，梅花独展红香腮。

2019 年 2 月 12 日

雪后入紫竹院观光 ①

踏碎琼英寻芳踪，小径幽然竹影浓。
白莲铺展透朔气，老松挂凌冒青葱。
牡丹威寒立干栋，丁香嗜睡失花容。
湖面如砥任鸟戏，柳丝朝阳别样红。
小亭闲洁待酒客，曲桥回绕游金龙。
我喜湖山袭素衣，皓白豁阔着飞鸿。

2019 年 2 月 13 日

---

① 紫竹院：即紫竹院公园。位于海淀区西三环内，首都体育馆西侧。

重游滕王阁记

　　己亥年正月廿四，游南昌，与友聚滕王阁，聊说阁事、世事，感慨良多。友曰："今之事，尔可作一诗，以记之。"曰："遵命！"遂作诗曰：

　　滕王高阁说史钩，王勃绚文颂琼楼。
　　元婴九州官太守[1]，唐皇宫中担烦忧。
　　骄泰淫泆长不死，布衣尺板终日愁[2]。
　　子安弱冠朝散郎，早慧无忌戏英王。
　　鞴辔牵束整三年，落笔诗文压初唐[3]。
　　高阁华丽似犹在，飞檐流丹假文章。
　　百次勾斗已无骨，滕王石木沉沧桑。
　　佳句如月当空照，墨陈千年兰气稠。
　　落霞孤鹜齐飞远，秋水长天空悠悠！

---

[1] 元婴：李元婴（628—684），唐高祖李渊第二十二子，唐太宗李世民之弟，封为滕王，建滕王阁。李元婴一生以骄奢淫逸，喜爱大兴土木而著称。他的奢腐生活受到李世民、李治等的多次警告。

[2] 尺板：古代官吏上朝或见上官时记事的手板。这里借指官吏。李元婴多次逼奸下属官员之妻，所以官吏很害怕。

[3] 王勃（649—676），字子安，被称为初唐"神童"。六岁能文，十六岁科试及第，授朝散郎职，担任沛王府修撰。沛王李贤与英王李显斗鸡，王勃写《檄英王鸡文》，传至高宗李治手中，圣颜不悦，令逐出王府，受到整饬。

俗世见物不见道，道如江河万古流。

登阁欲领洪州色^①，久雨初逢霁阳羞。

远望楼宇如丛林，近看抚水起浮沤^②。

一点春风尚未吹，十里芙蓉待夏偷^③。

回观飞龙舞凤处，却见王勃击水游^④。

2019 年 3 月 1 日

古风·樱花吟

好风吹发物华春，雨阳间作天地新。

昨夜枝头悄然语，今朝满眼降仙云。

远观六出覆琼华^⑤，近看粉面透酒晕。

金钿冰绡躅芳步，骚姿绰约撒娇嗔。

繁英迷满醉艳阳，神光离合斗花阴。

秀骨姗姗嫣然笑，香雾蒙蒙百媚亲。

---

① 洪州：江西南昌的旧称。

② 抚水：抚河之水。抚河是江西省内第二大河流，从福建武夷山脉穿越江西
流入鄱阳湖。滕王阁耸立在抚河边上。

③ 宋代李曾伯词《醉蓬莱（寿八窗叔）》写南昌梅岭之梅花，有"一点春风，
消息岭头寄"句。宋代王义山《念奴娇·南昌奇观》词有："十里芙蓉，海
神捧出，一镜何明彻。"句，记南昌东湖夏日之盛景。此处借用两词之句以
表南昌尚未春回夏临。

④ 王勃在去交趾郡（今越南）看望其父途中溺水而亡。

⑤ 六出：指雪花。因雪花六角，故称之。唐元稹《赋得春雪映早梅》诗："飞
舞先春雪，因依上番梅。一枝方渐秀，六出已同开。"

061

幽香淡淡逗蜂蝶，狂蝶纷纷惊烟煴①。
樱花烂漫芳菲节，仙居何需蓬莱寻。
谁人得向花下宿，浴罢花雨出凡尘。

2019 年 3 月 31 日

春到紫竹园

春阳蹀步临北国，和风鼓起仲春烟。
碧桃一片逗蝶笑，丁香数株带露甜。
翠竹森森翻新曲，垂柳丝丝舞点圈。
春梅粲然笑冷雨，海棠繁枝妖青天。
紫竹园中花齐发，挈妇将雏飞纸鸢。

2019 年 4 月 10 日写于 G163 号高铁上

---

① 烟煴：即氤氲之气。

双调江南好·长梦

江南好，烟水共天光。陌上花开情切切，朱车轻羽意长长，谁唱贺新郎。

江南好，疏雨复斜阳。几度离愁结素皓，千钟诗酒似癫狂，一梦满庭芳。

（词林正韵第二部平声韵）

2019 年 4 月 16 日

点降唇·仲春末赴徐州宿博顿温德姆酒店作

春绿淋漓,金龙湖畔莺啼曲^①,珠山油绿^②,山水花千束。

百步洪边^③,双子诗遗馥^④。昔年瀑^⑤,只留汗渎^⑥,岁月无惇笃^⑦。

（词林正韵第十五部入声韵）

2019 年 5 月 1 日

---

① 金龙湖：位于徐州市经济开发区内,属人工湖,面积约二十六万平方米。博顿温德姆酒店在金龙湖边上。

② 珠山：徐州市内的风景区,以道教文化、树木、花卉为特色。

③ 百步洪：古泗水徐州段上的湍流,现位于徐州市区故黄河和平桥至显红岛一带,长约百步。原叫徐州洪,因苏轼、苏澈兄弟写了多首百步洪诗词,冠绝彭城,后人即以百步洪为名。

④ 双子：苏轼、苏澈兄弟。苏轼字子瞻,苏澈字子由。

⑤ 昔年瀑：存在多年的激流川瀑。

⑥ 汗渎：亦作污渎,死水沟。

⑦ 惇笃：淳厚笃实。

立 夏

时交立夏，斗指巽方①。

春日逊位，日暖昼长。

雨渐北向，万物旺昌。

草木色稠，麦穗灌浆。

芳菲将尽，小荷始张

蜻蜓秀立，蝼蛄鸣锵。

彩蝶飞舞，雏燕衔梁。

南风薰蒸，溪水温凉。

孩童挂蛋，疰夏周防②。

悬凳秤人③，三鲜既香④。

儿时嬉景，如画映窗。

物华易辞，岁月流荒。

人生如寄，命当鸷强。

2019 年 5 月 6 日

① 巽方：八卦中的东南方位。立夏时节，北斗指向东南。
② 立夏日，小孩胸前挂一个煮鸡蛋，据说可以防止疰夏。
③ 南方立夏日有秤小孩的习俗。在秤钩上用绳挂上一条凳或一只篮，小孩坐好，大人提秤秤重，并且口中念念有词，祝愿小孩快乐成长。
④ 立夏日，江苏无锡苏州一带有尝三鲜的习俗。所谓三鲜分为地三鲜、树三鲜、水三鲜。地三鲜指苋菜、蚕豆、蒜苗；树三鲜指樱桃、枇杷、青梅；水三鲜指白鱼、银鱼、白虾。

芒 种

芒尖似针穿稠云，芒谷大穰养人生。

农夫应季忘昼夜，刈麦莳秧连雨耕。

美人惜花枝株点，红绡锦幛祭花英。

英雄聚气说风雨，青梅煮酒醉羁程。

万年征候千年节，天地何曾改初诚。

只有人随赋性变，镰犁高搁弃家牲。

今午芒种应详知，阴积丙日梅雨新 ^①。

痴云凝滞常带雨，野水自流河沟盈。

绿衣覆地螳螂出，泽草满池伯劳鸣 ^②。

清风爽利梦中事，湿热缠身难安宁。

此季宜静心欢喜，轻睡少酒独凉清。

2019 年 6 月 6 日

---

① 按照传统，江南入梅时间从每年芒种后第一个丙日开始（依据传统干支纪日法推算）。

② 伯劳：指伯劳鸟。进入芒种，伯劳鸟开始鸣叫，催促人们抓农时。

七律·闻香港生乱作

阡山小罅起尘埃，燕雀叽喳叩券台 ①。
唤醒幽灵施鬼火，煽结蠢废作狼豺。
敖钦既已司风雨 ②，魍魉岂能闹疫灾？
赤雨随心高作浪，阴霾荡尽紫荆开。

（平水韵上平十灰韵）

2019 年 8 月 25 日

---

① 券台：意为墓前的祭台。叩券台指跪拜券台。此处意指想唤起英帝国殖民
的幽灵。
② 敖钦：南海龙王名。

元旦闲话十一韵

薄雾罩田村，金光穿疏林。

乡井屋一间，故园书二斤。

朋辈三四个，香茗五六樽。

捧日话桑麻，听松说古今。

古今多少事，中外先辈人。

风流数凌侪 ①，改天换地新。

元旦新阳出，时待接交春。

立世一花甲，风雨几番沉。

壮心似犹在，铁衣轻如襟。

齿鳌嚼老槽，蹄疾空嘶喷。

夕阳撒金花，浮月破黄昏。

2020 年元旦

---

① 凌侪：意指超出一般，超等。语出晋葛洪《抱朴子·博喻》："故与不赏物者
而论用凌侪之器，是使瞽者指五色。"

庚子梅开

梅萼已含雪，东园无客来①。

问君何以尔，只因新冠灾。

东风催花发，梅花迎春开。

繁枝花灼烁，香海色粉白。

他年梅开时，客涌意徘徊。

无解梅花语，自有香入怀。

今年梅开时，只有燕子还。

园静落红响，梅妃愕滞呆。

梅花年年有，庚子卅卅回②。

花开无人意，人贱自废才。

年禧遭大疫，少德终有哀。

行当有所止，洁身可防灾。

梅知春意好，清香飘八垓③。

不与桃李俗，芳魂落瑶台。

2020 年 2 月 15 日于上海壹街区

① 东园：泛指园圃。唐李白《古风》之四七："桃花开东园，含笑夸白日。"
② 卅卅：庚子六十年轮回一次。卅卅意为两个三十年。
③ 八垓：八方。宋王安石《和王微之登高斋》诗之一："书成不得断国论，但此空语传八垓。"

庚子春分

春分时节春日半，昼夜相均寒暑平。

最是一年好光景，草长莺飞万物兴。

今年春分别有意，八衢宁静少燕声。

海棠动色惊明霞，可怜无人赏花英！

2020 年 3 月 20 日

来去是清明

热泪连珠落，捶胸念先人。

香烟袅袅起，双烛红泪痕。

纸钱飞相思 ①，彩幡扬洪恩 ②。

逝者已如斯，生者当自明。

人生当作酒，半醉半醒哼。

万物皆有缘，来去是清明。

2020 年清明节

---

① 纸钱：即冥币。中国民间传统，清明节要烧纸钱给先祖。

② 彩幡：用彩色纸剪成的纸条。清明节上坟时，要用土块将彩幡压在坟头上。
  每一把彩幡表示一户，压得越多，说明子孙越兴旺。

庚子年谷雨

布谷声声送春归，愁雨浙浙待夏来。

翠萍盈塘全无意，落红满园情可哀。

摘煎新芽待旧友，温炖老酒自卖呆。

今年天公行鬼道，难为苍生憋故宅。

雨生畎谷娇绿长 ①，阳歊风起烟雾开 ②。

2020 年 4 月 19 日

立夏日沪上有感

东风迎春春已过，羁旅沪上百日多。

新冠无意收杖舃 ③，蝼蚁苟且趴巢窝。

闲愁诗书难入梦，老妻相伴生爨火。

螺虾韭苋旧家味，石碗瓷杯新酒波。

醉眼偶睁观世界，厉毒久虐怎奈何？

数兆病身问苍天，百万冤魂拒孟婆。

---

① 畎谷：溪流，河川。

② 阳歊：阳气，暑气。

③ 杖舃：拐杖和鞋子。

商贾逐利弄西风，西国涌浪闹疯魔。

谁人控毒成正事，两月机缘尽蹉跎。

唯有中华真本色，上下同欲断毒河。

今日北斗东南倾，祝融明光落申城。

夏日交立雷风至，春花落尽夏花兴。

山川湖田肇新碧，长天当日凭蝉鸣。

从此火帝握环宇①，魑魅魍魉皆自焚。

2020 年 5 月 5 日，庚子年立夏日

小 满

　　小满至，夏雨滴。南风吹煦萍涟漪，春山绿满柳拂堤。点点红樱迷，枇杷正黄时。

　　小满至，麦秀齐。抢罢白龙祭青衣②，举首戴目夏熟期。频频乞天机，殷殷待收愉。

2020 年 5 月 20 日，小满日

---

① 火帝：古代五方天帝之一的赤帝，掌南方，司火，司夏。
② "小满抢白龙，家家祭蚕忙"是农耕社会人们在小满节气习俗的概括。抢白龙就是祭"车神"。车指水车，灌溉用农具，翻水时像一条白龙；小满时节，人们还祭蚕神，蚕在结茧前是青色的，故称青衣。

072

临江仙·儿伴聚

少年懵懂无忧耿，相嬉朝暮田塍。青云白水去无声，楚河汉界里，一梦到天明。

卅年离别昨宵似，歧出歧入平生。如今归里叙离情，羸灯催酒色，鬓雪唤童形。

（词林正韵第十一部平声）

2020 年 6 月

山村曲

岫烟连碎云，青山接远村。
稻禾出黛色，犬吠入黄昏。

2020 年 6 月 10 日

初夏赠友

白莲荣滋处 ①，清风捎信来：
绿叶满塘时，香花为侬开。

2020 年 6 月 13 日

梅雨诗十首

一

梅子熟黄雨涟涟，菡萏萌苗叶展展。
杨柳堤边蛙一片，鹧鸪声里禾满田。

二

梅雨冥冥雾茫茫，小园欣欣柳长长。
老墙洳湿汗千滴，门前飞过燕一行。

三

疾雨吹折石榴花，红绡碎地遍芳华。
流水多情遗香载，夕照一溪新红霞。

---

① 荣滋：茂盛生长。

四

梅开料峭花雪迷，梅熟时节天天雨。

风风雨雨五达道①，酸酸甜甜猩猩屐②。

五

梅雨萧萧频敲窗，玉珠滴滴落心房。

慵懒不照菱花镜③，窗外紫燕一双双。

六

黄梅云湿暑风起，绿荫密匝闻莺啼。

走尽天涯何所得？难敌故乡一盆雨。

七

烟雨苍茫天晦冥，破簦蹒跚路难行④。

凉风一屋无安享，浊酒三杯敌凄冷。

---

① 五达道：出自《中庸》。指"君臣""父子""夫妻""兄弟""朋友"这五种
　　关系的和谐相处。此处引"五达道"一词，意指每一个人面临的社会关系。
　　一生的核心就要处理好这些关系。
② 猩猩屐：语出《唐国史补》（卷下）。"猩猩者好酒与屐，人有取之者，置二
　　物以诱之。猩猩始见，必大骂曰：'诱我也！'乃绝走远去。久而复来，稍
　　稍相劝，俄顷俱醉，因遂获之。"后用"猩猩屐"比喻羁绊人的事物。
③ 菱花镜：背面刻有菱花的铜镜。
④ 破簦：簦，读 dēng，古代有柄的笠，类似现在的伞。此处指伞。破簦：指破伞。

八

百尺梧桐接天庭，扫落梅雨滴翠屏。
凤凰飞起绿叶动，独立窗前听风声。

九

雨中不见路人行，但见雨伞满街亭。
黑红黄绿彩带动，梅雨江南独此景。

十

闲花野草不为春，黄梅细雨数风情。
一烟清香寄夏日，不知忧怨知感恩。

2020 年 6 月 20 日夏至日

庚子端午节 ①

年年端午故乡忆，口口相传屈子风。
粽子咸蛋喜童子，艾草菖蒲驱毒虫。
今年端午节令迟，日长暑湿邪气冲。
更需一杯雄黄酒，涤荡妖异腾轩龙 ②。

2020 年 6 月 25 日（庚子年端午日）

---

① 庚子年（2020 年），新冠病毒在全球流行，节日生活受到严重影响。
② 轩龙：太阳。

仲夏乡居

仲夏草疯长，门前树扶疏。

新荷撑华盖，田鸡灵如狐。

稻田泛墨绿，白鹭飘银符。

涧溪清水凉，村郭暑热敷。

忽有好风来，犹如玉人拂。

临窗翻古籍，坐案赏新图。

先贤集俊德^①，英雄点炬烛^②。

古今多少事，天地认归途？

何如哗蝉鸣，年年拉响胡。

乡居有众乐，无须挂朝珠^③。

2020 年 6 月 27 日

---

① 俊德：美德，也有发扬美德之意。

② 炬烛：意为火炬照耀。

③ 朝珠：清代朝服上佩戴的珠串，显示身份、地位和官员品级。

清平乐·苏州河畔晨跑

曦开云绮，东岸红烟起。青宇连天街逶迤，
独步吴淞画里[①]。

耳边芦柳挥挥，眼芒粉翮翩飞[②]。水满风
平淡霭，何堪功利心机。

2020 年 7 月

江城子·黔地重游[③]

庚子五月中，重游黔地，回忆当年岁月，感于黔之
大变和老友之谊，作此词。

崇山谷水觅遗芳，甫思量，已忼慷[④]。三载
流光，锐气正昂扬。奚念秋眉霜雪鬓，疏迷惘，
举维纲。

---

① 吴淞：吴淞江简称。苏州河的正式名称叫吴淞江。
② 翮：指鸟的细小羽毛。夏天，苏州河上白鹭翻飞，河面上飘着许多细小的
　羽毛。
③ 作者曾在贵州工作三年。
④ 忼慷：意气激昂。

重游旧地喜兴昌，路云长，厦明煌。火树
银乡，龙彩胜金堂^①。早有故人持热酒，叙今
昔，频觥觞^②。

（词林正韵第二部平声韵）

2020 年 7 月

处 暑

暑热缓缓去，早晚有凉丝。

日边起金色，夏气逐日稀。

秋声随风变，蝉鸣因雨低。

梧桐具落叶，稻浪翻花衣^③。

秋虎欲示强^④，玉露初生机。

年轮转斜阳，季候唤新姿。

2020 年 8 月 22 日

---

① 龙彩：斑斓的色彩。
② 觥觞：本意指酒器，此处指频频举杯之意。
③ 处暑时节，早稻开始成熟，呈现黄色，而晚稻则是一派浓绿色，远远看去
　　像黄绿相间的花衣服。
④ 秋虎：指秋老虎。气象学上指出伏后短期回热三十五度以上的天气。

满江红·花甲

　　风老秋成，倚窗望、远山五色。遥想象、太湖烟霭，南山青默。田畎金波传禀赋，茅轩丽语开愚惑。徙行者、当念已花甲，听清瑟。

　　多少事，凭人织。吴山誉[①]，如云翼。阅山河空远，世情盈炅。寸志躬行身守善，豪情诗瀑心明熠。归去也、闲适酒泉约，为酣客。

　　（《词林正韵》十七部入声）

2020 年 8 月 27 日

贺圣朝·白露叹

　　露清雾帐星明灭，秋光快惬。巧云南雁，瑞烟香草，色飞神悦。

　　冀图骚客，险丛奈怯？借风乘月，倚晨随晓，凝珠炼雪，世间清烈。

　　（词林正韵第十八部入声韵）

2020 年 9 月 8 日

---

① 吴山誉：像吴山一样多的荣誉。吴山：指吴地（江南）的山，以山小而众多著称；誉：指荣誉。明徐渭有诗云："吴山石头坐秋风，带着高冠拂云雾。"

080

苏幕遮·秋分

雁南飞，秋半度。风紧龙潜①，雷祖休声
路②。正见瑶光通玉虎③。青桂流香，水静风鸢舞。

稻云黄，梨落树。嘉穗盈车，仓廪多新谷。
丰稔酣兴天作鼓。频举觥觞，凯乐欢和步。

（词林正韵第四部仄声韵）

2020 年 9 月 23 日

---

① 龙潜：意指秋分时节阳气潜藏，龙蛇蛰伏。

② 雷祖：即雷神。秋分以后，天空就不再响雷了。

③ 瑶光：指北斗七星的第七星名。古代视为祥瑞。意指瑶光星发出像玉虎一
样的光。

一剪梅·庚子国庆、中秋同日共庆 ①

翠舞红飞万众欢。双节迭然，日月同圆。
一十九载续天缘 ②。金鼓喧阗，香醑芳筵。

诚有灾毒黄水湍。龙气腾天，华夏延绵。
一彪雄俊拯危年 ③。弹奏丝弦，高咏婵娟！

（词林正韵第七部平韵）

2020 年 10 月 1 日

---

① 2020 年，国庆节与中秋节汇聚在同一天。
② 有资料说，国庆、中秋重叠，十九年才有一次。
③ 雄俊：意指英武健壮、才干出色之人。

诉衷情·韶龄耻愧乐宅悠

步陆游《诉衷情·当年万里觅封侯》韵①，反其意而吟之。

　　韶龄耻愧乐宅悠②，匹马闯神州。关山细路行遍，赢取翠云裘③。

　　心既寂，悦觥酬④，剡溪舟⑤。悟识玄晏⑥，头枕青螺⑦，身伴芳洲。

　　（平水韵下平十一尤韵）

2020 年 11 月

---

① 陆游《诉衷情·当年万里觅封侯》原词如下："当年万里觅封侯，匹马戍梁州。关河梦断何处？尘暗旧貂裘。胡未灭，鬓先秋，泪空流。此生谁料，心在天山，身老沧洲。"

② 韶龄：青年时期。

③ 翠云裘：指以翠羽制作饰有云彩纹之裘衣。语出《古文苑·宋玉》："主人之女，翳承日之华，披翠云之裘。"唐王维有诗句曰："绛帻鸡人报晓筹，尚衣方进翠云裘。"此处借指功名。

④ 觥酬：犹酬酢。意指主客相互敬酒。主敬客为酬；客敬主为酢。

⑤ 剡溪舟：借用晋王徽之雪夜至剡溪访戴逸事，表达随性处事之意。《世说新语·任诞》有"王子猷居山阴，夜大雪……忽忆戴安道，时戴在剡，即便夜乘小船就之，经宿方至。造门不前而返。人问其故，王曰：'吾本乘兴而行，兴尽而返，何必见戴？'"

⑥ 玄晏：指晋皇甫谧的故事。皇甫谧沉静寡欲，有高尚之志，隐居不仕，自号玄晏先生。

⑦ 青螺：青山。

083

来沪四周年记 ①

壹千肆百陆拾天，烟雨苍茫东海边。

何处金阳化朝露，几时热血融冰坚？

凌霄宝殿多善策，土地衙门少腾骞 ②。

灵符四年尚未得，鲲鹏无翅不成仙。

静坐外滩思黄歇 ③，再借疾风跨鞍鞯。

2020 年 11 月 8 日

赴常熟喜宴遇旧同事喜作 ④

畴昔相遇子江边，八方俊客聚一缘。

群力垒起千仞塔，众志开出新电源。

万家灯火随手亮，虞姬从此笑开颜 ⑤。

---

① 作者 2016 年 11 月到上海工作。

② 腾骞：原意为飞腾，仕途得意。此处借用为"作为"之意。

③ 春申君黄歇为楚国大臣，战国四公子之一，受封于江东，今上海、苏州一带。他疏浚河道，推广农商，推动了封地的经济发展。据传，黄浦江即为黄歇所开拓。

④ 作者在江苏常熟发电有限公司工作了十六年，参加常熟发电厂建设的全过程工作，有很多老同事在常熟。

⑤ 常熟有虞山，传因虞姬而得名。其实虞山是因虞仲墓而得名。虞仲为周太王次子，名仲雍，随兄太伯让贤而奔荆蛮，为商末吴国的第二任君主，死后葬虞山。虞山东麓现存有仲雍墓。

三十二年昨夜梦，青丝白首旦夕间。
相逢何必朋与俦，觥筹交错把酒欢。

2020 年 11 月 23 日

酒泉子·芦花

　　近日，沿苏州河、黄浦江跑步，经常看到一簇簇
芦花在寒风中飘摇、浮扬，想到了家乡小河两岸的芦花；
想到了小时候秋冬看芦花的情境，怦然心动。

　　寒芦花哀，抚漫荆溪沙岸 ①。钓舟闲，明光
乱，雪徘徊。
　　纵然一世随风去，繁落莼鲈义 ②。金鹅歌 ③，
任公志 ④，金波开 ⑤。

2021 年 1 月 16 日

---

① 荆溪：宜兴古名荆溪，泛指作者故乡的河流。
② 莼鲈义：指莼羹鲈脍之典。《晋书·张翰传》说晋朝张翰在洛阳做官时，因
　　见秋风起，思家乡的美味"莼羹鲈脍"，便毅然弃官归乡。后人以"莼羹鲈
　　脍"借指思乡之情。
③ 金鹅：指宜兴城西南的山岭，曾叫金鹅岭。
④ 任公：指任昉（460—508），字彦升，小字阿堆，乐安郡博昌（今山东省
　　滨州市一带）人。南朝著名文学家、地理学家、藏书家，"竟陵八友"之一。
　　南朝梁武帝天监二年（503），任昉以吏部郎中出任义兴（宜兴）太守，因其
　　施仁政，且品行贤德，义兴百姓非常爱戴他，建生祠太守庙祭祀。
⑤ 金波开：每当太阳照在宜兴城西团氿水面时，金光烨烨，一片生机。

开门大吉 ①

春风带微雨，喜气开门来。

笑迎天下客，有德广进财。

商贾行天涯，生意通九垓 ②。

经济陶公业 ③，善友晏子才 ④。

就此犹不足，更需天网开 ⑤。

鸿信满飞渡，执操昆仑台 ⑥。

工技誉天下，何愁无金财。

2021 年 2 月 16 日

---

① 民间正月初五有接财神之说。

② 九垓：中央至八极之地，泛指天下。

③ 陶公：指陶朱公范蠡。其助越王勾践灭吴复国后挂靴而去，曾三次经商三
   次成为巨富，又散净家财，被民间尊为"商圣"。

④ 宴子：指春秋时齐国的晏婴。他以能言善辩，聪颖机智，好结交朋友而著称。
   这也是行商的要件之一。

⑤ 天网：互联网。

⑥ 昆仑台：指昆仑山，是横贯中国西部的高大山脉，也是古代神话中最重要
   的神山之一。此处是居高临下之意。

送穷神 ①

女娲造六畜，初六起马尘。

炎帝司畬耕 ②，稼穑传子民。

五谷养黄颜，六爻塑精魂。

祭年上古始，祈福世传薪。

今日送穷子，图事需钱缗。

爆竹声声吼，沥酒拜清晨。

柳车草船出，万户逐贫神 ③。

年年诚志送，日日新穷临。

千年穷相俦，礼教束慧心。

耒耜犁镰耱 ④，把柄未出新。

---

① 正月初六是马日，女娲这一天造了马；同时也是送穷子之日。百度上说："据宋陈元靓《岁时广记》引《文宗备问》记载：'颛顼高辛时，宫中生一子，不着完衣，宫中号称穷子。其后正月晦死，宫中葬之，相谓曰'今日送穷子'。相传穷鬼乃颛顼之子。他身材羸弱矮小，性喜穿破衣烂衫，喝稀饭。即使将新衣服给他，他也扯破或用火烧出洞以后才穿，因此，宫中号为穷子。正月的晦日，穷子死了，宫人把他埋葬，并说：'今天送穷子。'从此后，穷子就成了人人害怕的穷鬼，所以需要送穷。"千百年来，年年送穷，硬是没有将穷子送走，百姓"衣不遮体，食不果腹"日子没有尽头。还是要靠共产党的领导，才可能让百姓走出绝对贫穷的困境。2020 年实现全部脱贫，是一项了不起的成就，值得肯定，功德无量！
② 相传炎帝发明五谷，是我国农业始祖。
③ 古人送穷，一早要洒酒祭祀，并结柳作车，缚草为船，载糗与粮，牛系轭下，引帆上樯以送之。唐韩愈写有《送穷文》。
④ "耒耜犁镰耱"均为农具。

唯有政昌明，即见民富欣。

法技竞先道，贫困无匿阴。

新法四年施①，贤者穷乡蹲。

举世齐奋力，九州皆驱贫。

积富长除穷，还需春煦恩。

众众享红日，久久福乾坤！

2021 年 2 月 17 日

辛丑年正月初八寄友

辛丑疫情复庚子，几番微信陈相知。

年节相聚无可期，茶季见颜非暮迟。

今日星禧星宿降②，来年谷丰谷廪昌。

初八过后新年尽，天气渐暖流春光。

梅花锦簇待桃李，新苞已发向阳枝。

尚待春雨潜滋润，桃红李白斗新姿。

轻丝飘落养茶园，小芽朦胧试雪衣。

石涧春水煮新茶，洗尽旧年长离思。

故交相见茶当酒，醍醐三瓯两相怡。

2021 年 2 月 20 日

---

① "新法"系指 2015 年 11 月，中共中央政治局审议通过《关于打赢脱贫攻坚战的决定》。
② 相传正月初八为众星下界之日，古人制作小灯以祭之。

辛丑年正月初十晨跑偶得

初十过后爆竹暗，新阳日暖草木春。
樱花开处有笑口，只待燕归斗艳音。

2021 年 2 月 22 日

青玉案·元夕

辛丑元夕，夜雨，沪上独处有感。

疏烟蔼蔼孤窗暮，举目望、冰轮误①？元夜瑶娥须共度②，银辉清瑟，梅香云树，唯有心知处。

游风宵雨寒灯路，离绪萦怀自倾诉。问信婵娟有几许？一壶浊酒，引杯独趣，醉眼听鹦鹉。

（词林正韵第四部仄声韵）

2021 年 2 月 26 日（辛丑辛正月十五日）

---

① 冰轮：月亮。
② 瑶娥：常娥。

汉宫春·美人梅

　　辛丑正月十七日，休，微雨。予入静安雕塑公园赏梅。梅花落尽，空枝横斜，满地香魂。偶有几朵，身孤影单，挂在枝头，在寒雨中瑟瑟，犹如卖唱老姬。惟有美人梅独秀，伫立园中，枝繁花盛，粉红花朵缀满树冠，远远望去，如朝霞灿烂。何以如此，再请"百度"，乃知此为番品，花期晚且长，为春增色良多，更为赏梅人添兴，借兴填下是词。

　　酥雨纤纤，向塑园深处①，探赏梅芳。花零玉碎枝蔓，惟剩残香。无端节令，敢真切、昼夜殄伤？见妙处、美人绰立，醮浓天半红妆。

　　细看琼枝鳞羽，又冰蕊玉瓣，粉衣霓裳。风中罗绮窈窕，飐艳春光。风流正当，借暖锋、尽破珠囊。修来日，桃夭李冶，且迎蜂唱蝶忙。

　　（词林正韵第二部平声韵）

2021 年 2 月 28 日

----

① 塑园：雕塑公园，位于上海市北京路成都路交汇处西北侧。

为"三八节"作

莫说女子不英雄，万里锦绣赖德功。

娇立天地山海阔，妍开日月锐气虹。

故园春盛如霞帔，家国昌繁有女风。

红装奇志皆竭力①，环球花魁数大东②。

2021 年 3 月 8 日

闻北京风沙作

辛丑年二月初三日，在沪上闻京城风沙弥漫，习唐
岑参《白雪歌送武判官归京》诗并步韵念友。

黄沙卷地天呜咽，京都二月鸟飞绝。

忽如一夜秋风鸣，漫天黄叶落皇城。

黄粉飘飘淹明幕，铁车不遮风衣薄。

白领电脑尘埃重，蓝领工装灰难着。

---

① 红装奇志：借毛主席《为女民兵题照》诗"中华儿女多奇志，不爱红装爱
武装"之意。
② 大东：也即极东，东方较远之国。这里借指中国。

老墙新楼多银灯，郁弥惨淡满城凝。
我在沪上思远客，心忧霾侵风冲涤。
意想落沙下楼门，风掣旗帜白阳昏。
高树难挡风沙举，来时泥满长安路。
路蔽天低君少行，留等穹青新霞曙。

2021 年 3 月 15 日

临江仙·北京霾沙

辛丑年二月十六日，北京霾沙天气，爆突表值，一派乳黄。道少行人，市少交易，花洁自闭，柳惊旋飞。春不叩门，鸟不鸣声。昏沉沉，似海雾中；眩晕晕，若大漠里。混沌中作是篇，以记之。

低天青日霾沙重，昏昏转转迷蒙。蚁楼浮幻影空濛，九城缥缈去西东[①]。

画断玉浊朱陛暗，梦魂游尽绡宫[②]。云端嘘气请箕风[③]，扫天刮地挂星虹[④]。

（平水韵上平一东韵）

2021 年 3 月 28 日

---

① 九城：指城市。古代京城有九门，也称九城。
② 绡宫：神话中的龙宫。此处指被沙尘笼罩的城市，像披上了一层淡黄色的纱巾。
③ 箕风：大风。箕即箕星，相传为风神。《风俗通义·祀典》："风师者，箕星也。箕主簸扬，能致风气。"
④ 星虹：即虹霓。南朝宋袁淑《桐赋》："被籍兮烟霞，怀佩兮星虹。"

颂神舟十二发射成功

神箭似巨龙，法力超鸿钧 ①。
万户梦虽断 ②，海胜卧高云 ③。
两仪手中握 ④，四象一眼分 ⑤。
穹隆飘红旗，儒道稳乾坤。

2021 年 6 月 17 日

---

① 鸿钧：即鸿钧老祖，明代小说《封神演义》中的人物，法力高强。他是太
上老君、元始天尊、通天教主等大神的师傅，也是《封神演义》中自创的人物，
在正统的道教神仙中并无此神。
② 万户：即万户飞天。明朝时，有一位叫万户（原名:陶成道）的官员，为了飞天，
将四十七支火箭绑在椅子上，手里拿着风筝，点火后飞向天空。可惜火箭
在空中爆炸，万户献出了生命。他是世界上有明确记录的飞天第一人。
③ 海胜：指航天英雄聂海胜。
④ 两仪：在道教中指阴阳，主要为黑白两色。这里借指地球和月亮，也有瞬
间通过黑夜和白天之意。
⑤ 四象：在八卦中指老阳、老阴、少阳、少阴四象，由此产生八卦。此处借
指宇宙的一切变化都在航天员的眼里。

五律·赠友

友暑天小恙，作诗赠之。

身疾暑风寒，居息懒绾冠。
檐梁多倦鸟，窗映数明玕 ①。
高志生元气，清兴伴悦欢。
廷圭湖颖舐 ②，绿绮玉柔弹 ③。
（十三韵言前韵）

2021 年 7 月 9 日

———————

① 明玕：即青竹。
② 廷圭：即廷圭墨。五代十国时南唐李廷圭所制。据传此墨坚如玉，丰肌腻理，
   为皇室用墨。湖颖：湖笔，指湖州制的笔，与徽墨、宣纸、端砚并称为文
   房四宝。
③ 绿绮：古琴名。中国古代十大古琴之一。玉柔：指女子之手。南唐李煜《子
   夜词》有"缥色玉柔擎，醅浮盏面清"之句。

游杭城长埭村（三首）

其一

故旧得佳境，邀吾作伴游。

车行宣画里，人入卉芳畴。

绿树遮园舍，茶垅翥岭丘。

山花川涧满，蝼窒叶丛啁。

（平水韵下平十一尤韵）

其二

赤日登云慢，流珠化汗丝。

清寥汪李意①，素韵杏桃姿。

碧草结青地，繁花饰雁池。

雕墙芳翰好②，室静梦方宜。

（平水韵上平四韵支）

其三

契友欣相伴，同嬉长埭村。

鲜肴氲郁会，酏醴馥芬湲③。

---

① 汪李：为云慢业主夫妻之姓。

② 芳翰：原是对他人翰墨的敬称，此处借指悬挂的书画作品。

③ 酏醴：原意酒浆，此处借指美酒。

鏖战翻扑克，酣斗立对门。
偷闲歇锦地，盛赞胜桃源。

（平水韵上平十三元韵）

2021 年 7 月 15 日（辛丑年六月初六日）

后记：辛丑年六月初一，诸友同游杭城之郊长埭村，其地青山崇岭，绿树浓荫，屋舍灿然，阡陌洁整，茶园齐盛，溪水清澈，气清人和，一派怡美祥和风光，大有新桃源之貌。停车入住云慢民宿，更是惊叹。院内草坪齐整，鲜花盛开，绿意盎然，桌椅井然。室内装饰精致，书画点饰恰如其分，家私配置朴素雅致，房间温馨舒适。在此偷闲，如登瀛洲。加之故旧相聚，打扑克，喝美酒，恣意挥洒，尽情欢乐，度过了一个难忘的周末。

七律·游赤峰灯笼河子 ①

辛丑年乙未月，至蒙东赤峰市，游灯笼河子。

六月朱天罩赤峰 ②，灯笼河子起葱茏。
远山树黯烟波淡，近峁花繁锦色浓。
连片风车飞素羽，成群牧畜摆疏慵。
高天净碧青原阔，策马嘶鸣上九重。

（平水韵上平二冬韵。）

2021 年 7 月 22 日

---

① 灯笼河子：内蒙古自治区内的一个旅游景区，位于距赤峰一百千米的翁牛
特旗，方圆一百四十三平方千米。此处，青山妩媚，草木葳蕤，鲜花遍野，
百鸟翻飞鸣唱，成片的风力发电机组翩翩起舞，是一个集河流、山川、森林、
草原、风车于一体的旅游胜地。

② 朱天：指西南方。《吕氏春秋·有始》："西南方曰朱天，……"高诱注："西
南，火之季也，为少阳，故曰朱天。"作者借用朱天表达天气炎热之意。赤
峰指赤峰市，位于内蒙古东南部，蒙冀辽三省区交汇处。

五律·为杨倩获得第 32 届夏季
奥林匹克运动会首枚金牌而作

东瀛战幕开①，奥运始局来。
华夏出奇女，枪坪取首魁。
心闲神定笃，气静自怀才。
举手荧光闪，国歌响颂台②。

（平水韵上平十灰韵）

2021 年 7 月 24 日

五律·为越剧大师王文娟仙逝而作

仙师骑鹤去，阆苑剧坛开③。演技生"王派"，容仪熠看台。瑶音缭鉴水④，俏影醉春梅。它日桃花谢，谁收艳骨回⑤？

（平水韵上平十灰）

2021 年 8 月 11 日

① 东瀛：日本的别称。第 32 届夏季奥林匹克运动会 2021 年 7 月 24 日至 8 月
  9 日在日本东京举行。
② 颂台：古代指太常寺等专司礼乐、祭祀的官署，此处指颁奖台。
③ 阆苑：也称阆风苑，传说中昆仑山之巅西王母居住的地方。泛指神仙居住地。
④ 鉴水：鉴湖之水。王大师是浙江绍兴人氏，鉴湖是绍兴市最大的湖泊。
⑤ 王文娟大师在越剧《红楼梦》中演林黛玉，葬花一幕，让人们刻骨铭心。

七律·辛丑年七月初四日路遇疾雨作

黑云怒涌暗申城，乱叶飞旋树曲横。

铁鼓敲拍肝胆破，金蛇斗舞魄魂惊。

石阶溅玉琼珠碎，长路连波海殿倾①。

骤雨如帆风胜马，一身素水养孤清。

（平水韵下平八庚韵）

2021 年 8 月 13 日

佳节思归

溷物污方径，寰瀛起庾愁②。

羁云集驿上，苦雨洒烟楼。

秋深南飞雁，节浓返辔俦③。

心牵轩砌月，何处觅归舟。

2021 年 8 月

---

① 海殿：指海洋。

② 庾愁：意指思乡或思念故国。典出《周书》卷四十一（庾信列传）。南朝诗
人庾信出使西魏，阻于兵，留长安，北周代西魏后，信官至骠骑大将军、
开府仪同三司。虽然地位显赫，但常思家乡，作《哀江南赋》以寄意。后称
思乡或怀念故土之思为"庾愁"。

③ 返辔俦：返辔指回马。唐李商隐有诗句："千马无返辔，万车无还辕。"此
处借指回家。俦：意伴侣、同伴。返辔俦意指人们成群结伴乘车回家。

行香子·辛丑中秋

　　漫卷时光，飞度流年。有秋色开月高圆。桂花含露，灯炫浮喧。瑞节清过，饮清酒，逐清欢。

　　蟾宫看旧，银辉千照。谁不将思念相牵？纵然艾老①，眉雪鬓寒。六尘难绝②，梦难醒，情难湮。

（十三韵言前韵）

2021年9月21日

西吴曲·浮生五年

　　忆当年、骋绩心胆③，有干霄义气、起光焰。慨抛靴弃帽，黻衣怀玉回眄④。铁翼东南，忺借手、春朝流艳。更欲让、梅魄桃魂，共演映、锦霞英范。

---

① 艾老：古时称五十岁以上的老人为艾老。
② 六尘：佛教语，意指色、声、香、味、触、法，也即六根（眼、耳、鼻、舌、身、意）所能接触的对象。
③ 骋绩：建立功业。
④ 黻衣：古代礼服；怀玉：犹怀璧，意指怀抱仁德。

秉初之旨，凭热汗涔涔，倾忱血身顾赡。枉真念①。骤雷惊炸穹巅，西风吹断，可叹须眉雪染。回眸征路，五载漏鼓空敲②，惜壮士尊年，何处仗青剑？

（词林正韵十四部仄声韵）

2021 年 9 月 26 日

风光好·过重阳

越椒红③，晚香浓④。几度重阳靖晏慵⑤，问秋风！

而今归囿集花雨，调清醑⑥。骑鹿登高举玉盅⑦，饮残虹。

（平声韵词林正韵第一部，仄声韵词林正韵第四部）

2021 年 10 月 14 日（辛丑重阳日）

---

① 真念：执着的念头。
② 漏鼓：古代报时的鼓。古代用滴漏计时，到了确定的更时，敲鼓报更。
③ 越椒：茱萸的别称。茱萸是一种落叶小乔木，果实红色，九、十月成熟。古人认为在重阳节这一天插茱萸可以避难消灾，或做香袋将茱萸果放在里面佩带。
④ 晚香：秋菊。
⑤ 靖晏慵：平静安逸，慵懒。
⑥ 醑：美酒。
⑦ 骑鹿：化李白《梦游天姥吟留别》句"且放白鹿青崖间。须行即骑访名山"之意。

七绝·长夏

辛丑九月十二日，见垂丝海棠花开，有感于今夏绵长：

燠热蒸蒸夏日长，重阳逸趣桂花香。
海棠乍放新秋色，错把秋晖作朔光①。

2021 年 10 月 17 日

七律·归泾桥 ②

钟溪衬映旧桥台 ③，静水无声月复回。
皇问遗音和暮霭 ④，龙庆印迹没云堆 ⑤。
千条归泾千行泪，万缕心思万寸灰。

---

① 朔光：即春光。
② 归泾桥是归泾镇上的一座老桥，有史记载，该桥初建于东汉建安年间，经过多次重建，现存单孔石桥建于清同治十三年（1874）。
③ 钟溪即钟溪河，是一条古老的河流，贯穿整个归泾镇。归泾桥横跨于钟溪河上。
④ 皇问：归泾镇有一条马路叫"皇问路"。据传，清乾隆帝下江南时，行至归泾镇东南十字路口迷了路，向百姓问路，因而得名。
⑤ 龙庆：归泾镇还有一条叫"龙庆路"的马路。

楼塃残荒烧落日，悬桥半废寄余哀。

（平水韵上平十灰韵）

2021 年 11 月 27 日

后记：2021 年 11 月下旬，我回到故乡，独游归泾桥。此桥是我上高中时必经之桥。当年买卖兴旺，茶肆人沸，热闹非常。四十多年后一切归于沉寂，桥南塃楼已残，桥身虽有修葺，但仍然给人摇摇欲坠之感。慨然于此作是诗。

鹧鸪天·三亚过辛丑除夕

风绪翻旗天温凉①，红灯辉户气祺祥②。
骈驰电马拥乡路③，嫣润熙颜荟祖堂④。

云亘外⑤，海霞旁，纱衣轻履转斜阳。
偏隅静度除夕夜，赚得浮生岁酒香。

（平水韵下平七阳韵）

2022 年 1 月 31 日

---

① 风绪：风。
② 祺祥：幸福吉祥。
③ 电马：指电动车。
④ 嫣润：美好柔和；熙颜：犹悦颜。意指一家人和和美美地相聚在祖堂上。
⑤ 云亘：云气缭绕，此处意指山上雾气缭绕。

喜春来·崖州过立春

金阳灼烁椰林瘦，银海扬波漫客悠 ①。谁人独上庾公楼 ②。北注眸，春面暗香幽。

（平水韵下平十一尤韵，一、五句叶韵）

2022 年 2 月 4 日

天香·海日孤升

壬寅春，因夭疠，羁留三亚，作此词。

海日孤升，岸沙平砥，悠悠归潮清啸。旭渲金波，浪击鸥影，点点星帆缥缈。谁人唱早，苍茫意、几声长调。唤醒崖州寄客，蹊畛锦花开好 ③。

旧年醉迎春笑。访梅枝、晴风娇俏。竹露桃溪深处，涧茶泥灶。幽恨时行疠噪。望归路，

---

① 漫客：漫游的人。
② 庾公楼：唐白居易诗《庾楼晓望》"三百年来庾楼上，曾经多少望乡人"。借此意。
③ 蹊畛：小路。

曷投咸阳道^①？且伴云涛，还听喜哨。

（词林正韵第八部仄声韵）

2022 年 3 月

壬寅年在三亚过上巳节^②

三月初三天气好，崖州滨水静听潮。

人惧疫病空街巷，花喜蜂蝶闹彩桥。

被禊渭滨文祖启^③，流觞曲水士绅邀。

而今忘却春兰郁^④，弱病无心唱郑谣^⑤。

2022 年 4 月 3 日

① 咸阳道：唐刘皂《旅次朔方》诗："客舍并州数十霜，归心日夜忆咸阳。"作
者借之意。

② 上巳节：即三月三节，民间传统节日，郊游踏青沐水。

③ 被禊：古人在上巳日到水边戒浴，以除不祥的一种祭祀活动；文祖：本意
指尧的先祖，此处指中华老祖。

④ 春兰：古人在上巳节有用兰草煮汤沐浴，以驱除邪气。

⑤ 郑谣：郑地的歌谣。《诗经·郑风·溱洧》是一首写郑人上巳节郊游活动
的诗。

望江南·闲放里（三首）

闲放里，卧榻念长书^①。铁马金戈骁帅志，哀鸿遍野庶民殂。回看古邯墟。

（平水韵上平六鱼韵）

闲放里，倚牖诵清诗。瘦马残阳骚客影，风花雪月丽人姿。轻醉逗黄鹂。

（平水韵上平四支韵）

闲放里，观画麝煤香^②。青霭墨山飞碧水，红花黛瓦映春光。人在客舟傍。

（平水韵下平七阳韵）

2022 年 4 月

---

① 长书：《战国策》的别称，泛指史书。
② 麝煤：即麝墨，含有麝香的墨。

107

壬寅重阳

金光万丈照，北客迢迢追。

秋深柳色倦，重九黄花开。

登高穷远目，何须叹余晖。

2022 年 10 月 4 日（壬寅年重阳节）

寒候颂

壬寅寒露作

天碧飞归雁，夜清澄月光。

城郭去雾霭，草野出星霜。

濒山观五色，近水照浓妆。

丰登补恩庆 ①，寿客发幽香 ②。

锦衣临风动，交语共沸扬。

何必《秋声赋》③，与君诵刘郎 ④。

2022 年 10 月 8 日

① 恩庆：旧指帝王庆典时对臣下的封赏，此处借指丰收中有天地的封赏。
② 寿客：菊花的别称。
③《秋声赋》为宋欧阳修作，描绘了秋天萧杀之景，其名句为："其色惨淡，烟霏云敛;其容清明，天高日晶;其气栗冽，砭人肌骨;其意萧条，山川寂寥。"
④ 刘郎指唐刘禹锡。其有诗《秋词》曰："自古逢秋悲寂寥，我言秋日胜春朝。晴空一鹤排云上，便引诗情到碧霄。"

绝句 · 霜降

金风飒飒秋红深，万里长天断暖尘。

青女飞霜纤草谢，唯奇月朵涌春云 ①。

2022 年 10 月 23 日（壬寅年霜降日）

香山观红叶

寒鸦啼肃烈，首岭抹猩红 ②。

枫树凭霜染，黄栌借酒疯。

晨湖着茜色，暮霭带火风。

坐看香炉冷 ③，隔云听疏钟。

2022 年 10 月 26 日

---

① 月朵：白菊花的别称，泛指菊花。

② 北京西山属太行山的一条支阜，古称"太行山之首"，故称之为首岭。同时，香山也是北京第一名山，也有首岭之意。

③ 香炉：指香炉峰。

壬寅十月十五日月食记

翘首望青空，惊睹月光红。

天狗疯吞月①，玉兔入暗宫。

李白正醉月，冲天乘大鹏②。

苏子拜婵娟，舞袖飞苍穹③。

双挥狼毫笔，赤犬落荒动。

嫦娥两腮赧，吴刚捧酒送。

神仙一场戏，人间半绮梦。

但使长清皎，泛舟赤壁诵④。

2022 年 11 月 8 日

① 古人因不了解月食的机理，认为月亮被天狗吞食。发生月食时，男女老少都要敲盆打锅，弄出响声以吓走大狗，一直要坚持至月食结束。

② 李白对月亮情有独钟，一生写过许多与月亮有关的诗，并有"举杯邀明月，对影成三人；大鹏一日同风起，扶摇直上九万里"等诗句。

③ 苏轼也是一位爱月骚人，其词有"我欲乘风归去，又恐琼楼玉宇"句。

④ 赤壁：意指苏轼所作《赤壁赋》。

冬 意

冬临威屑落^①，菡苕瘗香枯。

朔气呼呼起，蒹葭萎萎芜。

杨林簌簌泣，黄叶垂垂疏。

老柳尤倔强，烘菊绿意浮。

2022 年 11 月 11 日

戏作雪菜赋十八韵

雪里蕻，雪里红，雪后更葱笼。

青茎新竹绿，玉叶翡翠秾。

秋来滴脆稔，刈获备寒冬。

暖井凭翁媪，温水沐碧蓬。

檐下晾晒恰，待举换物功。

陶瓮端整俱，海盐量适中。

揉搓三五遍，菜盐分层拥。

瓮满压石重，静候造化工。

时达两旬后，开瓮清香烘。

---

① 威屑：指寒霜。

炒炖煨蒸煮，膳夫烹五风。

轻糖微辣油煸炒，理气开胃启敏聪。

雪菜肉丝爆炒透，佐餐胜过鲜松茸。

黄鱼炖雪菜，下酒不计几多盅。

雪菜鸡蛋调，羹汤鲜美压草虫 [①]。

今岁多闲豫，腌菜仿古宗。

夺得天功成一瓯，甘脆兼肥醲。

命生学苏子 [②]，滋浓味厚兴无穷。

2022 年 11 月 15 日

隔离日晓望

芳邻接冠坐吾家，跛倚轩窗听噪鸦。

索落榆槐行客少 [③]，回瞥晓日涌金霞。

2022 年 12 月 3 日

　　后记：2022 年 12 月 3 日，因邻居感染新冠病毒，我全家人隔离在家，管理机构要求所有人不得出门，并指定时间做抗原检测。三年来，人们受尽新冠戕害，希望这种日子早点结束。

---

① 草虫：即虫草，一种高级滋补品。

② 苏子：即苏轼。苏轼在生活中充满情趣和诗意。

③ 索落：萧条、冷落。

绝句·题残玫

题记：晨跑，路遇残玫，虽立，但已枯。感而发。

天轮自转莫折回，四季琳琅复往来。
斗力寒风伤肉骨，玫瑰不应九冬开。

2022 年 12 月 10 日

古风·归乡行

新规出阙门 ①，喜听东风吹。
黎元思变如初意 ②，始有日光普照心花开。
放下千日相思引，隆情相伴故乡回。
孰料毒珠如絮纷纷落，朵朵怒放紫禁台。
一夜瘟风拂白衣，三年篱笆半夕摧。
街市无人，闲路稀车，
苑囿冷清，问医如麻。

---

① 阙门：即指政府部门。
② 黎元即民众。汉董仲舒《春秋繁露·五行变救》："救之者。省宫室，去雕文，举孝弟，恤黎元。"杜甫有诗句："穷年忧黎元，叹息肠内热。"（《自京赴奉先县咏怀五百字》）

倚窗望愁城，欣戚交集念恤犹可哀。

一哀路遥易染恙，惫竭坚守空衔枚①。

二哀亲迈精气衰，若吾传疾悔难追。

奈何苦，愁断眉。肠结千千谁人猜。

庄舄执珪且思返②，何惧小虫闹祸灾。

铁衣金钟罩，阖户独徘徊。

剪胫毒物无去处，烧过仙草即成灰③。

一生几回乐归聚？田蔬香粳共新醅！

2022 年 12 月 17 日

后记：2022 年 12 月 7 日，国家发布了《进一步优化落实新冠肺炎疫情防控的措施》，俗称"防疫新十条"，对防疫政策做出了重大调整，几乎放开了所有的限制措施，人们恢复行动自由。但随之而来的疫情迅速扩散，患病者上百倍增长，虽然以轻症为主，但还是给人们造成了重大的心理影响，人们内心充满了不安和恐惧。在此背景下，我们也想逃离城市，回归农村，躲避疫情。另外，二年新冠，春节未回，今年很想与家人在春节团聚。遂有此诗。

---

① 衔枚：本意是古代行军时口中衔着枚，以防出声。此处借指小心谨慎。
② 庄舄为越国人，在楚国做官，总想回家。王维有诗曰："庄舄既显而思归，关羽报恩而终去。"（《送秘书晁监还日本国》）
③ 中医传统中有熏艾叶祛除病毒之法。

五绝·紫云山

青烟思桂树，翠髻守长亭。
史迹沉山涧，三杰舞紫云。

2022 年 12 月 24 日

后记：我家乡宜兴陆平村有一爿山，当地人都叫它紫云山。名字出处无史可考。有说仙女乘紫云来过；有说山中飘出紫气，化作紫云；有说山发紫色，层恋叠嶂，像一朵紫云。其实，无需弄清来历，这充满诗意的名字就能让人们感受到深厚的文化气息。

紫云山不大，但充满灵气。山上翠竹如云，松涛阵阵，百草丛生，山花烂漫。雉鸡、野兔出没其间，野猪、狐狸也时常光顾。如遇阴雨天，雾霭氤氲，岚烟缥缈，犹如仙岳。山脚下，一条条小道在竹林里穿梭，幽幽眇眇。行走在这些小道上，如同与山川对话，格物致知。

紫云山周边古迹遗存丰富。一条东西向的古代官道在它的脚下穿过，虽然官道已废，但印迹犹在。明朝中期名臣、内阁首辅徐溥的第三子，官至承事郎并以子累封奉直大夫、尚书少卿的徐元相的墓就落在紫云山山坡上。考古还发现了三国时期著名军事家陆逊的家属墓区也坐落在山坡上。而闻名于世的骆驼墩史前文化遗址，就在距离紫云山大约一千五百米的西北方被发现。骆驼墩遗址承载着人类七千三百年至五千年的文明活动，也是原始陶业发源地之一。

陆平村是一个有着悠久历史的村落。相传为北宋末年由潘氏肇始，距今一千多年。陆平村文化底蕴深厚，历史上出过多位举人、秀才。近代，更是宜兴革命发祥地之一，建立过农民协会，组织过秋收暴动。著名的"潘氏三杰"即潘汉年、潘梓年、潘菽三兄弟生于斯长于斯。史料记载，"大革命"时期，从陆平村走出去的革命青年有十九人之多。

五绝·陆平水库

丛篁生碧水 ①，石隙汇清泉。
十万银锄落 ②，一泓绿醑渊 ③。

2023 年 1 月 7 日

后记：陆平水库是陆平村重要的水利设施，坐落

---

① 丛篁：丛生的竹子。
② 银锄落：化用毛主席诗句"天连五岭银锄落，地动山河铁臂摇"（七律《送瘟神》其二）之意。
③ 绿醑渊：绿醑即绿色美酒。像绿色美酒形成的深渊。

在陆平岕喇叭口上。

水库大坝东西走向，东靠桃花山，西傍潘仲山，坝长一百二十五米，高十三点六米，顶宽十二米；水库集水面积一点七平方千米；总库容二十一点八万立方米，属于国家小（2）型水库。

水库所在的陆平岕是一条总长超过三千米的大山沟。沟的两边山峦叠嶂，虽然海拔不高，但看上去仍然十分雄伟。山上翠竹森森，古树参天，常年绿意茵茵，葱葱茏茏。沿着沟的底边，布满渐渐沥沥的小泉眼，流淌的泉水都汇聚到沟里。山沟里长年流水潺潺，川流不息，像一条温顺的巨龙，吐着龙涎，滋养着当地的百姓。但山洪暴发时，山上冲下的洪水如野马脱缰，聚到沟里汹涌澎湃。滚滚山洪奔袭下来，田地一片狼藉，田埂、水坝被摧毁，农作物被湮灭。巨龙变成了吃人的蛟龙。

为了合理利用陆平岕的水资源，阻挡山洪，灌溉山地水田，20世纪60年代，本地政府响应国家兴修水利的号召，筹划修建水库。1964年动工兴建，1965年建成。在四五百个日日夜夜，政府组织本地农民，在少数技术人员的指引下，利用最原始的工具，肩挑背负，畜拉人杠，硬是将一座水库屹立在了人们面前。

每次来到水库，想起先辈们战天斗地、刚强勇毅的精神，心中总是肃然起敬。如果我们能保持这种精神，还建不成中国式现代化吗？

五绝·万安桥

林家万安桥，势若宛虹峣。
百载西河立，悲欢渡几遭？

2023 年 1 月 9 日

后记：万安桥坐落在林家村南新圩，本地人称为"西河头"的小河上。现存万安桥修建于民国六年（1917），至今已过百年。相传为林家村一位叫羊士先的乡绅募资并负责了建造。万安桥为单孔石拱桥，建造精致。桥身、花券为青石；枕石、拱券、桥面、扶栏等为花岗石。每一块石头都经过精心打磨，扶栏两头以及桥顶龙门石都刻有花纹。桥名由陆平村秀才潘篆华题写，桥顶两侧镶嵌着桥名石，行书款的"万安桥"三字厚重、端庄、古朴。整座桥梁建筑风格稳健、规正、敦实，属于典型的中小型单孔石拱桥，行走在上面，你会感到特别稳帖。

小时候，乘轮船去宜兴或者张渚要走过万安桥；到溧阳外婆家要走过万安桥；到徐舍要经过万安桥。因此，万安桥留给我的印象特别深刻，更深刻的是古人那种修桥铺路，造福后人的精神。

虽然，随着时代发展，交通状况发生了颠覆性改观，万安桥也不再是交通要道，但其代表的文化精神应该继续传承。

2009 年 5 月，宜兴市人民政府已将万安桥列为市级文物保护单位，对先人是一个好的告慰，对后人也是一种劝饬。

（部分信息摘自《古径寻归》，江苏人民出版社，2022 年 4 月版）

五绝·壬寅腊月乡居

碧玉铺福地，荒银泛午天。
老村存徇意①，乡梓话团年②。

2023 年 1 月 10 日

五绝·江南腊雪

江南雪意淡，彩色斗三冬。
尽道丰年瑞，年节味渐浓。

2023 年 1 月 15 日

---

① 徇意：徇指美丽、漂亮的样子；徇意指色彩灿烂多姿的意思。江南冬天的乡村，绿黄红白黑，多彩多姿。
② 乡梓：指乡亲；团年：团聚过年。大家在一起聊准备过年的事。

五绝·壬寅腊月廿五晨步之所见

雪霁金轮亮，天明朔气清。
小街堆年味，耳满叫卖声。

2023 年 1 月 16 日

五绝·壬寅腊月廿八晨见感之

寂寞苍山暗，孤怜片月冷。
都言年酒好，且复杜甫吟 ①。

2023 年 1 月 19 日

---

① 杜甫有诗云："朱门酒肉臭，路有冻死骨。"

五绝·林家茶

阳羡镇花茶^①，汲春萃岫霞。
林家承古道，紫笋续新芽^②。

2023 年 1 月 21 日

后记：林家茶场坐落于紫云山北麓，占地近二百亩。此地属山地高坡带，酸性红沙土壤，光照充足，雨水适中。春天，和风习习，山花飘香。晴天则丽日高照，天青山绿；阴雨天则烟岚弥漫，雾气缭绕。这样的环境，特别适合茶叶生长。茶叶不仅能从土壤中汲取营养，也能在大气中得到滋润。因此，产出的茶叶香气浓郁，味道醇厚，再配上本地山泉，甜滋滋，香喷喷，喝之不乏，总会让人想起唐人的《七碗茶》诗。（其诗曰：一碗喉吻润，两碗破孤闷。三碗搜枯肠，唯有文字五千卷。四碗发轻汗，平生不平事，尽向毛孔散。五碗肌骨清，六碗通仙灵。七碗吃不得也，唯觉两腋习习清风生。）茶场当家人老尹一辈子从

① 宜兴古称阳羡。唐人卢仝有诗云："天子须尝阳羡茶，百草不敢先开花。"故阳羡茶可称"镇花茶"。
② 茶圣陆羽的《茶经》有（阳羡）"阳崖阴林，紫者上，绿者次，笋者上，芽者次"之说，因而命名为紫笋茶，是唐代阳羡贡茶之一。

事茶业，从种茶、培茶、养茶、采茶、制茶，无不
兢兢业业，专心致志，精益求精。特别值得一提的是，
老尹始终坚持传统种植方式和传统制茶工艺，施用
有机肥，人工采摘，手工制作。手工毛尖茶多次得到
业界好评。冲泡一杯毛尖茶，香气扑鼻，满屋芬芳；
茶汤鲜亮，绿中泛黄；喝一口，甘甜、醇厚，爱不释手。
真是茶中上品，人间美物。

五绝·汉年故居 ①

当年意气殚，新义动乡关 ②。
成败皆义死，回廊故曲弯 ③。

2023 年 1 月 22 日

---

① 汉年：潘汉年（1906 年 2 月—1977 年 4 月 14 日）。江苏宜兴陆平村人，长期
　在隐蔽战线工作，中国共产党隐蔽战线、文化战线和统一战线的卓越领导
　人，解放后曾任上海市副市长。1955 年受到不公正逮捕，被长期关押，直
　至逝世，1982 年平反昭雪。
② 1925 年底至 1926 年春，潘汉年回故乡江苏宜兴陆平村创办农民夜校，并
　组建了农民协会，动员家乡青年投身革命。1927 年，宜兴农民秋收起义陆
　平村是发源地之一。
③ 回廊：指汉年纪念馆房屋间相连的走廊，弯弯曲曲，象征汉年坎坷不幸的
　人生经历。

七绝·癸卯立春

句芒木笔画年轮 ①，一点东风撵雪尘。
度岁酒香当未散，笑炸春卷既迎春。

2023 年 2 月 4 日

---

① 句芒，古之春神。

新体诗选

希望之光

从黑暗的坟茔
从布满阴霾的天空
从干枯的河流那边
希望之光向大地涌来

她燃烧着生命
喷射着热血
像冲出地壳的熔岩滚滚
用遮挡不住的光芒
埋葬阴魂、黑暗和罪戾
照亮大地、河流和山峦

从此
天空生出熠耀
生命有了呼吸
春天有了欢笑
枯枝长出蓓蕾
高树茂林在清风中舞蹈

我们是寻找光明的萤火虫

更是涌动的春潮

歌唱着理想、信念和追求

汇入希望的洪流

在这光焰中默默向前

呵！希望之光

我们向前的希望……

1983 年春

寂寞时刻

这是寂寞的时刻
万物进入梦乡
唯有一只夜莺
"啁啾"不停

为爱、为恨、为怨、为愁
不，什么也不为
只是寂寞的惆怅
在这一刻啄出的忧伤

1983 年 10 月

129

除夕寄语

万象更新的时刻，
我要向你道一声——
"新年好！"
无论我漂泊何处，
都要向你致以节日问候。

万象更新的时刻，
我要向你献上——
我心底的一束报春花！
虽然你在遥远的北方，
也要让你闻到春天的芬芳……

1983 年除夕

黄昏（两首）

一

太阳落下去了
西山的晚霞燃烧着火焰
这绯红的悲凉
是壮烈的，却是寂寞的
我凝视这太阳的归宿
扪心自问
我的归宿是这样的寂寞吗？

二

沿着古运河漫步
暮色下的石街泛着清光
行人留下的脚步声
在古老的屋檐下回响
"啪嗒、啪嗒、啪嗒……"
敲击着我孤独的心房
涌起了如暮色般的凄凉

对面来了一辆绿色的自行车

"哦，邮递员

能否带去我的思念"

1983 年 12 月 25 日

三 天

一九八四年的三天，
崭新的三天。
像辗转的车轮，
似奔腾的江水，
更是天空的流星……

过去了，三天！
再也不会回来！
我丢失的三天青春，
再也找不回来。

新年的三天啊，
我在迷茫中走过。
如果所有三天都虚度，
怎么会有宁静微笑的生年……

1984 年 1 月 3 日

冬天的菊花

看着枯萎的冬菊，
心里泛出了涟漪。
它凋谢了，还美丽吗？
它枯萎了，还秀拔吗？

寒风中，我们曾见过她挺拔的英姿；
冰霜里，我们曾见过她妍丽的身肌。
她的枯萎是暂时的沉默，
是勇士决战前的一次小息，
即使真的谢了，死了，
依旧不失傲霜斗雪的风仪！

1984 年元月 15 日

雨夜偶成

孤灯像夏夜的流萤。
窗上爬动的雨滴，
是我忧苦的灵魂。
可恼的风啊，
又送来残酷的声音！

这雨夜的幽昏，
独守一盏孤灯，
在寂寥中向苍天发问：
何处是生命的永恒？

1984 年初夏

我爱恋

我爱恋夏日初升的太阳
鲜艳、明亮
万物金碧辉煌

我爱恋秋季午夜的月亮
静谧、清朗
大地裹着银装

我爱恋冬夜的星星
深奥、遥远
让人充满无边的遐想

我爱恋春天的小草
稠密、旺盛
世界充溢希望

呵！我爱恋故乡的姑娘
温柔、大方

留给我甜蜜的梦香

1984 年 6 月

一杯酒

一杯酒
淡淡的红色
平淡无奇

一杯酒
生活是酿酒的原料
用爱的酵母酿造

一杯酒
红色是生命中的欢笑
平淡是生活中的映照

喝下这杯酒
知道了生活的滋味
更懂得了爱的情调

1984 年 8 月

假 如

假如你是一朵鲜花，
我愿是一片绿叶，
用我的青春，
映衬你的娇艳。

假如你是辽阔的天空，
我愿是一颗颗星星，
用我全部的光，
织成你璀璨的梦景。

假如你是广袤的大地，
我愿是一片片森林，
带着我真挚的爱，
塑造你四季的灵魂。

1984 年秋

扫 雪

一把把铁锹
一把把扫帚
汇集、汇集
向街道汇集

一群群人
一颗颗心
汇集、汇集
向战胜自然的旗帜汇集

雪花纷飞中
红色的头巾在舞动
寒风劲吹中
绿色的身影在穿梭

挥动的铁锹
是一阵阵狂飙
卷起厚厚的积雪

请它向长江报到

挥动的扫帚
是温暖的东风
在"唰唰"的声音中
吹醒了寒冬的酣梦

雪在飘
人在扫……

1984 年冬于谏壁电厂

游江堤有感

江风吹动芦叶
江水拍击江岸
一对自由的白鹭
展开翅膀，溯江奋飞
追寻相爱的源泉

莫非要飞到金沙江边
莫非要飞到沱沱河畔
莫非要飞到格拉丹东
不！这些不是爱的源头
它们是长江的母亲
是江水滚滚东流的动力

爱的河流
流淌在生活的土壤中
忠贞是她的源头
信任是她的激流
互敬互尊是她长水悠悠

永保爱河不干枯

长江里有顽石、暗礁
生活中有困惑、误解
这是自然与生活真谛
只要格拉丹东有冰雪融化
江水就会汇入大海
只要有情人忠贞不变
爱情就会伴你白头

1985 年 1 月 5 日

路边的小花
——献给无名英雄们

路边有几朵小黄花

尖尖的花瓣

圆圆的花冠

像向日葵朝着太阳

又似玫瑰花迎接朝露

没有惊人的颜色

也没有浓烈的甜香

更没有高大的花茎

去获取赏花者的青睐

他们默默地奉献

淡淡的香气融入空气

振奋路人的精神

矮小的身躯紧贴大地

为大地开出新丽

1985 年春

有一天，我看见夹在书里的红叶

一根枝上有两片红叶
我轻轻地将她们摘下
夹在我心爱的书里
寄托我满腔的相思

寂寞的岁月
浮沉的日子
我都要看看我的红叶
在我眼里
她们是并蒂的莲子
是一对齐飞的燕子

有一天
我打开书本
再看我心里的燕子
有一片竟从蒂上脱落
她要离我而去

这是为什么
是责怪我把她夹在书里
使她离开了大地
是怀疑我缺乏足够的情痴
没有让她品尝到甘甜的爱意

要走就走吧
我随手扬起粉碎的叶子
让她随风飘去
愿她从此栖落在绿色的树林
找回永恒的春季

1985 年 11 月 3 日

落 叶

是蝴蝶还是落叶
在天空中纷飞
是锦缎还是落叶
彩衣铺盖大地

春天的蝴蝶
不会有这么多
人织的锦缎
不会如此绵延……

凉爽的风
送来秋的信息
告诉我的眼睛
这是秋天的落叶

1985 年 11 月 7 日

问

我走到海边
问翻滚的海浪
生活是什么
海浪欢快地说
生活是涌起和跌落

我登上山巅
问山顶的小草
生活是什么
小草淡淡地说
生活是春荣冬枯

我踏上平原
问金色的庄稼
生活是什么
庄稼庄重地说
生活是播种与收获

我回到陋室

问翻开的书本

生活是什么

书本认真地说

生活是理智和情感的交合

有欢悦也有沉寂

我问生活本身

你是什么

生活狡黠地说

我是多变的幽灵

乐观的人，我是生命的风筝

悲观的人，我是命运的惊魂

彷徨的人，我是迷茫的森林

要问我是什么

先问问自己是怎样的人

1986 年春

野 行

泰戈尔说：
生命犹如渡过一重大海；
我说：
生命是一次愉快的野行！

我躺在篝火旁，
数一数天上的星星，
听一听虎啸猿鸣，
徐徐的晚风里，
我是自由的人。

朦胧的月色中，
我看到了一群欢乐的灵魂，
他们在月光里酌酒，
在云朵下弹琴。

清晨醒来，
看一看旭日东升，

听一听百鸟和鸣，

浓郁的花香里，

我是自由的人。

我翻山越岭，

在风花雪月中独行，

偶尔捡起一片红叶，

像拾起了爱人的心……

泰戈尔说：

生命犹如渡过一重大海；

我说：

生命是一次愉快的野行。

1986 年初夏

回　忆

我只有二十年的人生，
却在回忆三十年的功绩；
我没有航海的经历，
却在回忆与海盗激战的光焰；
我没有打枪的经验，
却在回忆战役的惨烈；
我没有到过埃及，
却在回忆尼罗河上的奇缘；
我没有见过烤牛排的样子，
却在回忆吃西餐的喜悦；
我从未登台表演，
却在回忆演艺生涯的甜蜜！
……
回忆！回忆！回忆！
真实的回忆是生活的短笛，
虚假的回忆是对生命的欺骗，
美好的东西永远属于明天！

1986 年夏天

寻 找

在鸳鸯嬉水的湖边
我在寻找你俏丽的身影
在蜜蜂采蜜的花园
我在寻找你银铃般的笑声
在蝴蝶双飞的原野
我在寻找你欢乐的脚印
我寻找失落的欢心
我寻找闪光的星星
我寻找戈壁中的甘草
咀嚼丢失的爱情
窃听半夜反刍之音

1986 年秋

黄 昏

夜，伸出黑色的魔掌，
扼住了太阳的咽喉。
太阳痛苦地呻吟，
喷出的鲜血，
染红了布满云朵的西天。

苍穹是黑夜的帮凶，
铺开灰色的纱巾，
包裹太阳的瘀血，
为黑夜掩盖罪证。
撒落的几粒星星，
像刽子手眨巴的眼睛。

秃鹫站在山崖上，
冀望着隆起的新坟，
期待盗墓者的罪行，
可以饱餐一顿。

小鸟惊悸地回飞，
躲进树从的巢里，
悲哀地默送着被埋葬的太阳
追忆那暖融融的树林。

一个太阳埋葬在一个黄昏，
另一个太阳升起在来日的黎明……

1986 年初秋

我有了

——关于世界的故事

女娲说：我有了。
于是，黄土变成了人。
东方升起了启明星。

释加说：我有了。
于是天地有了梵音。
世间有了清心。

耶和华说：我有了。
于是：摩西有了十诫
人类有了契约。

男人说：我有了。
于是，世界有了战争。
人类有了灾难。

女人说，我有了。

于是人类有了生命。
世界有了希望。

1987 年 9 月

追　求

月亮照着两颗心
银汉连着两个魂
我们是起飞的雏燕
要追求生活的新韵

相扶是爱的天平
体贴是情的准绳
让生活考验一切吧
我们追求的不是从早晨到黄昏……

1987 年秋

一个人的生活

一个人的生活

是站在镜子前的想象

多面而虚幻

孤独与抑郁

只有一个点的意象

独立与自由

才构成生活的方向

一个人的生活

是一个枯燥的梦

相伴的风

总想带走仅有的芬芳

雨的洗涤

让世界的颜色混乱

红与黑的交融

成了梦中的情伤

1988 年 5 月

萤火虫

常常想念童年的夏夜

躺在门前的竹床上

看着一群顽皮的孩子

在夜色里捣乱

一会飞到檐下

一会悬在屋前

一会儿躲入草丛

一会儿停在树端

亮出小小的肚皮

一闪一闪的银光

将黑夜划出一条条光弦

夜幕上跳动的繁星点点

带我走进了希望的梦呓

1988 年 7 月

山茶花

清澈的溪水在心中流淌

纯净生命的律动

孕育了万世不灭的阳光

一株山茶花在轻风里展放

她为阳光雨露歌唱

虽然有时也会迷茫

但鲜花的使命总是为装点世界而芳香

高歌吧，我的花儿

记住所有的美好

生活中就会写满希望

1989 年 5 月

我迎着风吹

我迎着风吹

一个刮风的时代

五色的风

从四面八方吹来

站在所有角度

都是迎着风吹

不是玉树临风

没有感受到宋玉的精彩

也缺少《大风歌》的豪迈

我忧郁的神情

如同一个落魄的文士

在风中哀叹风的犷锐

立在旋转的风尖上

估摸着一个时代！

1992 年 5 月

月　羞

窗外的月亮照着人间
月光下的人们说着梦呓
"我的股票涨了一千点，
我的房子翻了个底朝天
我发财无路卖些假烟
我手段高明电话诈骗
……
一切向钱看！"
月亮羞得躲进了云间
不想回看丑陋的人间

1996 年 8 月

青春记忆

青春的记忆
是一场多彩的长梦
从脑海涌进心里
又从心海涌向脑中

青春的记忆
是一支抽完的香烟
离去了袅袅青烟
留下了浓烈的宄言

青春的记忆
是一盏飘流的荷灯
灯光跳动着希望
夜色中灵魂得到永生

青春的记忆
是一只飞翔的风筝
折不断放飞的线

自由在今后的征程

青春的记忆
是一团炽烈的火焰
点燃黑色的头发
燃烧出西天的彩云

1998 年 12 月

星星独白

落日在最后的辉煌中离去
星星支撑苍穹
在这永恒的寰宇中
谁也不会想起
那一颗小小的矮星

一样的炽热
一样的发光
一样的燃烧
喷出红色的血
凝结青色的路

想选择
奔向太阳的胸膛
灿烂地融化自己
奔向大地的怀抱
深情地亲吻大地

奔向太阳风不愿意

奔向大地高山妒忌

只有朝着清凉的明月奔去

为不朽的桂花树

再添一节花枝

1999 年 4 月写于南京

等车的人们

等车的人们
一样期待的神情
不一样期待的心境

平静恬淡为远方的老树
风霜雪雨
永远守候着森林

焦虑不安是痛楚的牵挂
白发苍苍
早已模糊的眼神

欢呼雀跃是快乐的期盼
抚爱呵护
值得骄傲的洪恩

幸福忐忑是甜蜜的迷茫
卿卿我我

期待生活的温馨

顾盼慌张是焦虑的无望
蹑手蹑脚
祈求平安的前程

等车的人们
一样期待的神情
不一样期待的心境

2001 年 4 月

我要为他写首诗

一

我要为他写首诗

床边的袜子
是脱落的鳞片
带着酸甜苦辣的滋味
弥漫在没有生命的空中
仿佛游荡的黠鬼

舌尖上滑过的日子
玻璃一样透明
摆在旋转的桌子上
展示、欣赏、品尝
和着血管里的酒精
一起把天空烧亮

随手撕下一块晚霞
贴在自己的脸上

于是，所有的酡红
在大街上流淌

独自在家里吟唱
带着怜悯、悠长
和忧郁的长叹
灵魂冲出窗户
我是尤利西斯
我要为他写首诗

二

我要为他写首诗

黑夜在镜子中找到了黎明
惨淡的光，张开手掌
趴在我的床边上
像摩天建筑一样僵硬

缺少爱的日子
苍白的脸上写着昨天的清贫
是三千年前的君侯
与内心的激情极不相称
住在古墓里的人
把黄肠题凑换成

可以阻挡枪炮的铁门
卷起的被褥里
包裹的仍然是一颗火热的心

天下的智慧
被搓成一根长长的绳
架在并不瓦蓝的天空中
上面停满了叽叽喳喳的鸟群

只有一个褴褛的身影
佝偻的背上驮着一座山峰
在九宫格的游戏中
寻找通向自由的门

"疯子，天生的疯子"
想用镜子中的黎明
去点亮黑夜的心
我是唐·吉诃德
我要为他写首诗

2003 年 6 月

问 题

我们来自何方，要去向哪里？

这是一个古老而又永恒的问题。

美索不达米亚平原啊，

你深奥的楔形字和美丽的"空中花园"，

是否告诉我们，我们的故园是一部机器！

尼罗河的波涛啊，

是否要让我们相信，我们来自水底！

婆罗门的教义啊，

是否暗示我们，我们从原始动物的等级中走来！

摩西的戒律啊，

是否确定人的创造者就是上帝！

人啊！

你这大自然的精灵，

为了诅咒自己，

创造了多少让自己无法弄清的问题！

直到有一天，

所有的一切都被毁灭，

才知道自己来自何方，去向哪里！

2003 年元月 12 日，晨读李政主编《神秘的古代东方》后作

无 题

我想摘一片春的叶子
编织一只风筝
让轻柔的灵魂
随着风筝高飞

我想要一块夏的树荫
搭建一顶凉棚
让躁动的心绪
躲进凉棚宁静

我想要一张秋的红叶
搓揉一团火红
让苍白的大脑
映染火红颜色

我想要一堆冬的白雪
砌筑一面白墙
让混浊的双眼

观看世间清洌

谁是那
春的叶子
夏的树荫
秋的红叶
冬的白雪

2003 年 12 月作于常熟

诗人之死

诗人死了
他们唱着自己的挽歌死去

诗人死了
他们在买卖声中死去
所有的灵魂
都与魔鬼做了交易

诗人死了
他们在霓虹和摇滚中死去
没有灵魂的躯体
香茗不再是激发爱的灵芝
酒精浸泡的脑袋
再也制造不出一句诗

诗人死了
当天空不再蔚蓝
河流不再奔涌

绿水渐渐黑去

青山逐日老死

诗人死了

失去的原色

被裁剪成一张张附着魔力的花纸

贴到诗人的灵柩上

灵柩便化成一块块巨石

建筑起一幢幢大厦

像人类骄傲的尾巴

更是人类贪婪的祭坛

祭祀着人类一天比一天增加的恐惧

诗人死了

他们在异国他乡的街上死去

黄皮肤　　黑头发

被打造成一张张跨洋的票据

为了西天的灵符

不惜将祖宗抛弃

诗人死了

他们在郁闷中死去

世界不再需要呐喊

地球不再需要光热

所有的意识

裂变成一个个黑洞

将用方块折叠出的

情感　艺术　思想　道德吞噬

然后孵化成一只鹰

用锋利的爪牙

扒开秦皇汉武的陵墓

掏出他们的心

当作垃圾处理

诗人死了

他们唱着自己的挽歌死去

2004 年 2 月 25 日

城市的夏天

（今天真热）

纷纷扰扰的人
纷纷扰扰的车
纷纷扰扰的太阳
纷纷扰扰的空气

倦怠的绿色
像枯水塘的鱼
用尽最后的本能
苟延生命存在的意义

那老人似的马路
张开大口
呼出带有烤腐味的热气
油星沫、膻腥雨
污辱仅有的月季

在光与影的闪烁中

那些漂亮的房子

在渐渐地熔化

只剩下骷髅似的架子

在熊熊燃烧

落下的灰烬

夹杂在纷扰的空气中向远方飞去

人们的心啊

在灰与火的煎燎中

变得异常松脆

轻轻地一碰

就会掉下一块

只有耐心和定力

还能让心获得一丝凉意

2004 年 6 月 11 日

街上，人们戴着墨镜

街上，人们戴着墨镜

阳光下折射出的魔色

纷纭成新世纪的一道风景

镜片挡住了自然的颜形

把初升的太阳

幻化成满月东升

那些鲜艳的旗帜

不再五彩缤纷

高敞明亮的大厦

顿时面目狰狞

广场上的鲜花

被修饰成心中思念的月白

所有的事物都蒙上了迷影

看人，不是"盗拓"

就是"秦桧"或者"李连英"

镜片背后的眼睛

失却了明辨是非的神经

孩子们戴上墨镜

再也没有自由欢乐的童真

成人们戴上墨镜

忘却了曾有的灵魂

任由那躯壳在大街上自由蹒跚

听不到海的呼啸

河流的哀鸣

和树的呻吟

街上，人们戴着墨镜

2004 年 9 月 28 日

我坐在小饭店的窗前

我坐在小饭店的窗前

看着暮色下的街景

匆匆的行人

冰冻的神情

是我心中哀怨的眼睛

闪烁的霓虹

舞动着娼妓的身影

用她五彩的眼神

挑逗仅剩的灵魂

穿梭的汽车

是嫖客们在游戏人生

充满色欲的双眼

与霓虹尽情调情

搅得周天混沌

所有的精灵再也无法安宁

只有古老的电车

是城市忠实的仆人
用他苍老的声音
准时喊醒昏睡的人群
看着城市几百年的沧桑
笑叹多变的世情

我坐在小饭店的窗前
咀嚼着最后的菜根
忽然传来一声巨响
也许是天体爆炸的声音
在人们的惊恐中
只见一轮红日冉冉上升
我大笑一声
朝着红日狂奔
去追赶那灿烂的生命

2005 年 1 月 30 日

梦见西藏

都说你是神灵的故乡

慈悲的音符

在高原穹隆中回响

天空中游弋的不是白云

是天使携带灵魂升天的翅膀

都说你是神灵的故乡

流淌的欢歌

在彩色的河流中吟唱

大地上隆起的不是雪峰

是"木绳之梯"连结天堂的柱梁 [①]

都说你是神灵的故乡

空气中弥漫了拂面的花香

这花香来自纯洁的原野

---

① 木绳之梯：在西藏的神话中，吐蕃首批君王都是天上神仙下凡，他们都有
通天的光绳和木梯。

来自雪莲雍和的心田
来自诸神亲手播撒的静谧

都说你是神灵的故乡
岩壁上厚厚的苔藓
记录了你几十万年的变迁
是一本将要失传的秘籍
宇宙无穷，盈虚瞬变

都说你是神灵的故乡
枪手和火药
是祭祀殿堂的烟硝
雪山凝思，经幡风动
手中旋转来世的希望

2005 年 6 月

假如你欺骗生活

——给青年朋友

假如你欺骗生活

鲜花不会对你开放

鸟儿不会对你歌唱

庇佑你的树荫

会被猛烈的阳光灼伤

假如你欺骗生活

微微的轻风

是人们鄙视的目光

轻轻的白云

会砸下重重的雪霜

明月羞见你躲进云里

太阳怒见你烧红脸庞

只有阴霾是你的同伴

黑暗、磷火、虫蛊、魍魉

萦回你身傍

假如你欺骗生活

最美丽的外衣

也会被生活剥去

只剩下骷髅在疯狂

从生活中得到的一切化为乌有

醒来时还有一枕黄粱

2005 年 7 月 10 日

海 浪

轻波是海浪的慈祥
奔涌是海浪的刚强

温柔的时候
是母亲抚慰婴儿
轻轻拍打着海岸
发出沙沙的轻唱
柔波折射出光芒
传送渔人的希望
荡漾和平、温馨、安详

暴烈的时候
是男儿血性喷发
怒吼着冲向礁石
爆炸出震天声响
一次次炸得粉碎
一次次奋勇铿锵
展现勇敢、坚毅、激昂

更多的时候
是生活悠然节律
朝阳中迎来白帆
晚霞里送走满舱
日月星辰运转中
歌唱生活的芬芳
袒露博爱、宽厚、善藏

轻波是海浪的慈祥
奔涌是海浪的刚强

2005 年 12 月，写于三亚椰林滩大酒店

友 谊

今天是你的

艳阳高照下美丽的身影

柳梢的鹅黄

催生了五彩的念想

一壶茶

水与叶相遇

水——变得香醇

叶——舒展生命

交融中

我们慢慢老去

留下这甘甜的记忆

写在纸上

压在箱底

刻在岩上

烙在心上

2006 年 3 月 8 日

高山颂

不知道你的名字
你在板块裂变中崛起
十多年的磨砺
你在大地上高高耸立
承接朝露、阳光、虹霓
承受阴霾、冰雪、风雨

流淌的山泉
浇灌了古老的田野
一株株行将枯萎的生命
重新燃起茁壮的火焰
山坡上成片的郁金香
丰富了东方美的韵律

当七色的彩虹萦绕山腰
你用墨绿的松枝
拨弹着多彩的琴弦
一片片充满希望的音符

在和煦的山风中
播撒人间

你没有泰山的雄浑
也没有华山的峻险
你没有嵩山的威名
也没有黄山的多情
但，你是喷涌的利剑
光芒四射
直刺蓝天

八千八百四十八米
不再是山高的极限
你有责任和智慧的动力
二十年、三十年、五十年
定将突破这一高度
兀立于群山之巅

2006 年 10 月 15 日，为中国电力上市两周年作

希 冀

最后一抹晚霞离去，
暮霭中升腾氤氲颢气，
春天般的绿色，
在心中舒展、蔓延、絮语……
没有旗帜，
没有号角，
肩膀上深深的纤印，
镌刻着心中的责任。
为了启航的承诺，
我们对古老的灯塔默语。
唱着儿时的童谣，
借一束清风，
归航在灿烂的黎明……

2007 年 1 月 1 日

不变的容颜

几十年的岁月
秋风春雨中
流走了稚气和顽皮
青春的红与白
凝聚成不变的容颜
嘲笑桃花的短暂
和海棠的娇妍

乌黑的眼睛
在时光洗炼中
更加明亮、纯净、羞赧
相见时那一瞥
抖动的睫毛告诉我
你心中的容颜不变

皓齿依旧
喷涌明快的语言
撩开时间的轻纱

看到山村的小桥边
叙说儿时同伴的秘密
清脆的笑声中
我听到了你不变的容颜

偶尔你拢一拢秀发
露出独有的鬼黠
多少年不变的神韵
是聪颖铸就的笑脸

啊！不变的容颜
是二十八星宿
布满我心中的天空
虽然天空不再清朗、高远
但星光是不朽的思念
连绵了永远的眷恋

2007 年 2 月 23 日

韶山啊！我永远的圣地

我是你韶峰顶上的古松
在你古老的九歌里
看到了百鸟和鸣、凤凰来仪
多少年
你烟囱里飘出的是
平淡、质朴和那淡淡的松油味
——韶山啊！

我是你祠堂门前的石狮
数过了无数进进出出的脚印
背负"耕读传家"的箴铭
多少年
你私塾院里稚嫩的读书声
沉淀出震聋发聩的现代强音
——韶山啊！

我是你滴水洞边的岩石
感受你涓涓山泉汇入大海的震动

你伟岸的身躯是旗、是戟，更是风
那一天
你"日月同辉"
我和你一起为母亲的新衣而歌颂
——韶山啊！

我是你千万信徒中的朝圣者
亲吻着你带血的土地
沿着你当年的马蹄
追寻你思想的鸣镝
那一刻
我心中涌起的不仅是虔诚和敬仰
还有那永不后悔的心志
——韶山啊！

我是你崭新的理想
是英姿勃发的火箭
带着忠贞
突破这翠绿的山峦
超越埃菲尔铁塔
和自由女神的魅力
到那时
古老的韶乐会在五洲响起
——韶山啊！

我的圣地

我心中永远的圣地

2007 年 5 月 15 日

灵 魂

灵魂
前世的遗影
今世的真心

每一次选择
都是灵魂的拷问
每一次冲动
都是灵魂的沸腾

守住灵魂
得善道，或者成为再来人
守不住灵魂
坠恶道，或者烦恼中沉沦

人生
一场艰难的修行……

2007 年 9 月

雨

也许你曾经有过企盼，
一场雨伴着一个梦！
　　　　　——题记

有人歌颂你的凌厉与率真。
在烈日炎炎的夏天，
你带着欢乐与陶情，
在大地上奔跑、舞蹈，
将江河湖泊紧紧拥抱。
那一刻的肆虐，
是一次巨大的欢爱，
疯狂过后，虽然也有痛，
但已经被清凉的气息覆盖。
远山墨线上升腾的烟岚，
是声嘶力竭后的袅袅余音；
近树叶尖上滴下的清翠，
是喜极而泣的泪水，
这凌厉而率真的爱，

英雄归来，霸王花开！

有人喜欢你的缠绵与怨哀。
九月的风从秋天深处吹来，
冷冷清清的凄戚，
在你结着愁字的额上滴下，
像一根根拉不完的相思线
从黑夜滴到天明，
再从天明滴到黑夜……
卷不上的珠帘挂在琐窗前，
犹如打不开的千千结，
缠绕着窗边的芭蕉叶，
然后重重地落下，
像一声声冰凉的叹息。
花伞上凝结的珍珠
是一粒粒满满的相思，
散发着离别的愁绪，
飘过山，飘过水，
寄给从未谋面的知己。
再也不要迢迢银汉，
星星如一颗颗丁香籽，
带着无限的哀怨飘落地面。
这缠绵与哀怨的爱，
梧桐叶落，黄花旁开！

有人痛恨你的无情和残酷。

躲在西伯利亚的风里，

如同奔袭的骑兵

亮着白晃晃的刀刃。

虽然细如钢丝，

但持续多日的挥动，

割断了秋与春的情根。

落下的莹珠如同钉子

钉住了人们行动的脚径，

锁住了奔腾的河流，

卡涩了滚滚车轮

彻底阻绝了消息的传应。

其实你就是一颗坚冰，

剥去雪花的伪装，

嘀嗒出明胶似的声音，

凝固的时间如同黑色尘埃，

撒落在萧瑟的田园，

世界失去一切华彩，

人们只能在昏暗中说着幸福的谎言。

乌鸦飞不出你布下的罗网，

只能栖息在枯枝的高处，

发出"嘎——嘎——"的哀鸣。

这哀鸣搓揉着僵硬的大地，

春意悄然，蜡梅花开！

有人深爱你的热情与温柔。

带着唤醒生命的渴望，

如同一位母亲，

从冬天的残暴中走来。

将你一世修炼的温柔化作了私语，

在万物耳边絮絮……

于是，小河开始流畅，

绿色在大地上奔放，

紫燕在屋沿下梳妆，

人们在花丛中歌唱。

你和东风一起，

用热情洗涮生命的寥寂。

轻曼的身姿袅袅娜娜，

披着的纱衣如烟如雾，

童话在城市、乡村流淌，

一个个绮梦在童话中成长……

你用淅淅沥沥的柔语，

萌动了青春，孕育了爱情，

少男少女们在你的言语中，

读懂了世界，满怀了憧憬……

你像仙女一样飘飘洒洒，

用温情刷新了生命的代码，

用圣洁浇灌了灵魂的新芽，

大地在春天里斑斓，

春天在干干净净中出发，

前程似锦，百花盛开！

2007 年 9 月于上海

沉重的肉身

一缕漂泊的阳光

从我刚开启的门缝中迸进

后面跟着一双结着爱意的眼神

她是我对门的居民

一个孤独、忧郁、富裕的单身女人

姣好的面容

焕发出油彩般的光韵

略显肥胖的身躯

柔软而匀称

迷离的眼神中

流淌着压抑的兴奋

梦里的放纵

吞噬着她的青春

沉浸在欢乐中的细胞

在磨擦与冲撞中

发出低沉的呻吟

和颤抖的哀鸣

那一缕幸福如鸿毛般轻盈

从此，灵魂飞过了天穹

剩下的躯壳如朽木一样浮沉

找不到停靠的港口

站在十字路口的你

无论男女

都是赫拉克勒斯的选择

幸福的邪恶总是这样轻盈

不朽的肉身是如此香沉

2008 年 7 月于东莞

晚 霞

太阳的爱

让云朵羞红了脸

风轻轻地吹

将这份喜讯传遍

于是

天空如同喝了喜酒

布满了酒红的娇艳

大地、楼宇

江湖、山峦

都沉醉在欢乐中

将喜色沾染

多么希望这美好的色彩能够永恒

多么渴望这甜静的时间永远相伴

让晚霞的温暖永远留在人间

2008 年 8 月

在路上

路上匆匆又一年，
春花秋月换了人间。

海风的记忆，
黄沙的风情，
只为一瞬间的胡杨秋景。
蓝天下的橙黄，
书写了偶然的华彩，
三千年不朽，
才是永远的生命！

走过来了，
又要迈向新的红尘。
也许三千年太长，
也许三千年太短，
一切皆缘分！

不是为了花的妩媚，

叶的绿荫，

秋风中枯黄的野草，

一样动人。

牵着自己的手，

在浓雾弥漫的原野上疾行！

路上匆匆又一年，

春花秋月换了人间。

写在 2008 年 12 月 31 日

剪 刀

其实是一件实用工具
却被赋予灵巧的名字
两指间的捏动
让拥有者随心如意

剪一根红线
可以编结动人的故事
剪开一只信封
可以听到情人的私语
剪一块花布
可以做成漂亮的嫁衣

剪一枚窗花
增添生活的情趣
剪一道灵符
驱赶心中的恐惧
剪一锭钢铁
锻造英武的历史

甚至可以

剪一张秋叶

剪一缕阳光

剪一片白云

剪一个春天

诗人在你的梦幻中莺啼

但是，你却是

没有自由的生命

交合的支点

锁定了刀和把的比例

主人的意志

有时让你磕下滴血的牙齿

妙曼的银光

在一次次绞合中

被揉碎、凝滞

然后

被搁置

被出卖

或被抛弃

……

写于 2009 年 4 月

心中的月亮

——写在纪念中国驻南斯拉夫大使馆被炸十周年
之际

心中的月亮
挂在窗前
风摇动着月光
吹落鸽子的羽毛
像冬天的雪花
在窗前飞飞扬扬

被剥光的鸽子啊
疲惫地趴在屋上
衔住的橄榄枝
开出了一朵白花
让鸽子将羽毛披上

于是，风停了
月亮圆了
四大洋的潮

不再汹涌
哈德逊河的水
不再激荡

十年不长
地球的一根轴
已把两端拴住
黄土地上千年不变的勤劳
收购了星条旗的一角
扯成六块垫脚布
送那三位先人走好！

心中的月亮
沉入水底
大海的潮涌
一刻也没有停止
月光在波浪中
抖擞出无数星星
像飞舞的萤火虫
飞向五洲大地

每一枚萤火虫
都是一粒花的种子
于是，梅花开了

桃花开了
牡丹花也开了

来自东方的香气
和带着安静的艳丽
陶醉了几群悠然的、
焦虑的、幸福的、痛苦的火鸡
红豆似的小眼
仰望着古老河边的孩子
狼对兔子的恐吓
和狐狸对鸟的欺诈
失去了时代意义

但是，我的孩子
擦亮自己的双眼吧
千万别忘记
海的那边有几只鹰
始终盯着你

2009 年 5 月 9 日写于香港

我们不掉眼泪

——为纪念汶川地震发生一周年而作

下雨了

因为今天，但不是眼泪

红旗在飘

这黑夜里的明光

是古老冰川的期待

用透明的翅膀

扇动着那扇窗

里面的故事

是不能回忆的记忆

砸碎的梦想、爱情和遗骸

走出了鱼与人的轮回

无数年

我们用颅骨串起的脊梁

耸立在昆仑山上

指引着黄河的东流

草木的生长

一次次的改道
一茬茬的更替
早已没有了恐惧
也忘却了惊慌
太多的是寓言、童话和思想

我们并不强壮的肩膀
知道如何挑起五岳
担起三江
断垣边开放的玫瑰
总是传递着希望
比钢铁坚硬的风
播撒在九州大地上
所有的手指都是柱梁
撑起倾覆的穹庐
修复破碎的心房
抚平青山的额头
抹净湖泽的脸庞

我们不掉眼泪
也不懂悲伤
站在村口的凝望
是一粒蒲公英的种子
带着思念和告慰

悠悠地飘向天堂

去栽种信心与坚强

多难兴邦的谶言

激活了埋藏心底的梦想

苍松和翠竹纺织的飘带

是飞天新的盛装

用骄傲的笑容拥抱朝霞

挥舞着衣袖

将方块字写满星星、月亮和太阳

2009 年 5 月 12 日写于上海

观世界

善良，是善良人
瞄准自己的枪口

邪恶，是邪恶人
自由航行的河流

时间，是昏庸老人
拧反了历史的指针

2009 年 6 月 2 日香港

生 命

生命是一种痛
匆匆地流动
仲夏的噪声
是记录生命的钟

找不到盖子的时间
不是一条河
而是一座桥
一阵风刮过，生命
像枫叶一样舞动
在灿烂地飞过桥的瞬间
结束了所有的痛

2009 年 6 月 7 日上海

留恋的歌

我走了！
撕一片上海的白云，
折叠成一只只鸽子，
放飞在你们心中。
那是我守望蓝天的忠诚。

我走了！
掬一捧大丰的海水，
晾晒成一粒粒白盐，
涂抹在你们额头。
那是我融入大地的灵魂。

我走了！
摘一弯瓜州的冷月，
打造成一枚枚耳坠，
悬挂在你们耳边。
那是我流连驼队的叮咛。

我走了！
借一座南海的岛屿，
切割成一块块记忆，
播种在你们脚下。
那是我留给浪花的强音。

我走了！
虽然我只是一只萤火虫，
只保留对草根的恋情。
但是，微弱的青光，
同样照亮你们乌黑的眼睛。

我走了！
我是一张翠绿的桑叶，
无法承载你们酿造的美酒，
只能悄悄地喝一口，
让每一根茎都流淌你们的体温。

我走了！
你们是我梦中的田园，
是我遭遇的雷鸣。
这希望和激情的交响，
点亮我心中曾经灰色的霜晨。

223

我走了！

我会眺望北斗星。

那跳动的理想，

是一把漂亮的金勺，

在你们的手中，

旋转出一个新的乾坤！

2009 年 8 月 4 日于上海

后记：我在中电国际新能源公司工作了近三年，
离开时创作了这首诗。上海是新能源公司总部驻地，
大丰、瓜州、海南是新能源公司项目所在地。

先驱、生命、心灵

——读《自由心灵——女性主义者葛罗莉亚·斯坦能的一生》

你是我心灵的窗户
我是你窗户里的眼睛
我们共同注视着
蒙娜丽莎美丽的眼神

男人笔下的意识
同样是一种精神
自由的天空如果装满胸中
就不会有性别的伤痕

理想和激情
永远铸造着生命的年轮
一圈圈的记印
才会画出完美的人身

先驱是一滴凝固的血

不用问有没有生命

涌动的热情

是那一滴血点亮的早晨

我们看到

从猿类中走出的人群

手中握的不再是木棍

而是跳动不息的心灵

2009 年 8 月 15 日贵阳

萍 聚

凝视你深邃的眼睛

我有些陌生

穿过青灰色的隧道

又听到了几十年前的铃声

可是……

叫不出你的名字

依稀的轮廓，模糊的笑容

零碎、斑驳的记忆

睡梦中偶尔滑落的泪珠

砸碎了一虹虹年青的梦境

过去的懵懂、稚嫩和青涩

如今已化作时间枝头的果实

今天，我们相聚

想告诉荡漾的湖水

我们曾一起嬉戏

想告诉秋风中的金柳

我们是同一棵树上的叶子

想告诉田边的小草

我们和你一样依托大地

想告诉富饶的土地

我们都是从这里飞出的种子

我们曾相互搀扶

在泥泞的道路上前行

我们用共同的辛勤和智慧

擦亮了最黑暗的黎明

多年后的相聚

我们更懂得"缘"的意义

更珍惜拥有的往事

不会把惆怅留给下次

放歌、倾诉、豪饮

调整好记忆的路径

敲响友谊的钟声

去连结遥远的情丝

从此,相互牵挂,相互体贴

春夏秋冬中,风雨雷电里

一起唱响生命欢腾的长诗

2009 年 10 月

平安夜

永远的故事
每个人都会想起
木匠家叮当的声音
不是为了造一棵圣诞树
圣母阵阵的腹痛
孕育的不仅是真理
生命的降临
是所有生物的欢喜
从此，我们看到了
走在路上的血衣
他的生也是为了死
拯救不了自己

2009 年 12 月 24 日

中年人的天

——庚寅年新春记

它还是那么高
就是不再那么远！

它还是那么蓝
就是不再那么清！

脚下垫着白云
手上拽住星星
头上缠绕彩虹
心里装满赞颂

头昏目眩的天
不知要落在宇宙的哪一边！

2010 年 2 月 14 日

智慧与阴谋

成功者的阴谋是智慧
失败者的智慧是阴谋

有时，智慧是阴谋的元素
有时，阴谋是智慧的基础
有时，智慧是阴谋的帮凶
有时，阴谋是智慧的弟兄

轮回！无法选择
孪生！难以分清

清亮的心，开启智慧之门
邪恶的魂，深藏阴谋之灵

多一些宽容，少一些贪婪
这个世界会变善！

2010 年 4 月 17 日读小说《原罪》后作

洗 牙

尖锐的声音，
穿透历史的浮云；
带刀的药雾，
剥下一层层沉积的年轮。
还一个清白，
就要忍受酸痛——
哪怕这酸痛冲击灵魂！

2010 年 5 月 7 日

去纳雍电厂①

远！

不远……

在心里

远！

很远……

在天边

说路！

九曲十八弯不够

九九八十一弯也不够

前人挥洒的历史

不仅是转弯的故事

耸入云端的路

还有路边的峭壁深渊

---

① 纳雍电厂是贵州金元集团的下属企业，坐落在阳长镇。

回荡着奋勇向前的号子
雕塑出坚定豪迈的身姿！

大山不语
峡谷不语
嶙峋的山石不语
我的心也不语！

山坳里点燃的火把
照亮了乌黑而期盼的眸子
凝聚了所有的信念
和永远无悔的坚持！

八百颗滚烫的心
编织一曲现代神话
那是一轮彤彤的太阳
阳光照过，万年朽木
生长出茂盛的新枝！

三岔河的水啊
你欢快地流吧
把这阳长的故事
报告日月、星辰
告诉江河、海洋、青山、大地！

远，很远……

在天边！

远，不远……

在心里！

2010 年 5 月，写于纳雍电厂回贵阳路上

影 子

——仅以此诗献给抗洪抢险的军人

你说我的影子无处不在
无需身躯，不用光照
更像梦游的幽灵
总在捕捉人们的心

我说我的影子是镜中花，水中月
总时冷冷清清，平平静静
有时更像一株含羞草
轻轻一碰，就会合上遐想的闺门

你说我的影子是用蝴蝶翅膀编结的风筝
放飞蓝天，绚丽耀眼，光彩照人
放飞黑夜，也能吸引萤火虫的眼睛
点点蓝光，告诉我们世界的一切都是生命

我说我的影子是一片祖先开垦的田园
田埂上刻着父亲的背影

油菜花开，成群的蜜蜂唱着歌曲
和蝴蝶一起分享甜蜜的新春

你说我的影子特别高大
是大海里行走的巨人
可以抚平海浪，托起太阳
每天都清扫出一个鲜亮的早晨

我说我的影子是山边的竹笋
倔强地顶开泥土，追寻光明
簇新的生命，怀揣朴素的理想
要为暮色中横渡大海的人点亮渔灯

你说我的影子无处不在
颠簸的高原上是擎天的磐石
漫流的江河边是坚守的孤村
燃烧的森林里是及时的雨水
喧嚣的城市中是寂静的梵音

我说我的影子是绿色的丛林
根扎泥土，叶朝阳光，笑看浮云
呼吸山川，吐纳雨露，淡然红尘
树丛里埋葬着不死的火烈鸟
它们的灵魂就是我梦游的幽灵

深绿的影子，土黄的影子

鲜红的影子，苍白的影子

分不清颜色的影子，满世界奔波的影子

所有的影子，共同

描绘出一片宁静、安详的风景

写于 2010 年 6 月 25 日看完《新闻联播》后

第一个圆

圆月高挂，银辉恣泻
真是一个谈情说爱的夜
我三百六十四个长梦
不再是相识时的腼腆
也不是相聚时的亲昵、离别的缠绵

飞驰的车轮，闪烁的银屏
每天都在为心中的爱画圆

月色下的山峦幸福地睡了
微微的夜风轻轻抚摸它的眼帘
是母亲抚慰孩子，骄傲地
将我的快乐融入流淌的山泉

蝉鸣声声，拨动我的心弦
明天，我要在筑城完成第一个圆 ①

---

① 筑城：贵阳市简称"筑"，别称"筑城"。

用太阳的热烈和明亮，用大山的青翠和坚强

将三百六十五个金灿灿的爱

串缀成一个完美的圆

2010 年 7 月 26 日，写于来贵阳工作一周年的前夜

我的房子

我有一所房子
青石块垒的墙
青石板盖的顶
古老得像元谋人的城
森森的门洞前
长着一排排枫杨
鸡眼似的窗户
亮着两盏松明
在闪烁的火苗中
从今天看到汉唐

我的房子有些破旧
但里面装的不是古董
也不是前人的骷髅
更不是古墓的入口
厅堂有一幅画像
是先贤的遗容
旁边挂着牛头

241

卧室里的两盏松明

一盏是我睡着时的美梦

不是照向城市的通路

而是故乡点亮的山丘

另一盏是我清醒里的收获

耕耘门前的石头

在隙缝间收获我的硕果

"轰隆隆、轰隆隆"

今天的雷声震动了山梁

房子在雷声中摇晃

天神启示我们

善神打开了通向幸福的窗

重新造一所房子

拆掉这千百年的悲伤

我祭拜了先贤的画像

按照牛头指引的方位

画出我房子的朝向

借助神的力量

用双手创造一所新房

守住祖先开垦的土地

播种欢笑、甜蜜和芬芳

让幸福装满我的新房

2010 年 9 月于贵州安顺

我站在黔灵山上眺望 ①（外一首）

我站在黔灵山上眺望

虽然看不见心中的想往

流动的血却感受东海的激荡

那一串美丽的岛屿

从来就是我母亲衣衫上的佩珰

千百年来，我华夏子孙

在这片海里捕鱼、晒网

在这些岛上驻足、休息和生养

烤鱼的篝火

多少次点亮东瀛的太阳

只有海底的珍珠可以计量

但刀与菊的鬼眼

总在窥视我母亲的衣装

小偷加强盗，组合的阴谋

① 黔灵山在贵阳市境内，是市区的最高峰，建有黔灵山公园。

在一百多年的历史上反复嚣张

甲午啊！
我华夏沉重的纪年
撕裂了百年的伤口
至今还流淌着鲜血

公元 2010 年
我们熟悉的沾满血迹的东洋刀
又舞到了家门前
我弱小的渔船怎能与军舰匹敌
中华民族的宽厚与善良
再一次被野兽强奸！

我站在黔灵山上眺望
红色的旗杆是我不屈的脊梁
脚下的磐石是我心中的坚强
对待野兽无须浪费时光
以牙还牙不仅是一种决心
也考验我十三亿儿女的胆量

和平是人类理性的光芒
有五千年文明的中国人
知道如何将和平担当

更知道家园可贵和同胞安康
警惕那变态的邻郎
心中永远不要忘记
曾经遭受的毁伤

呵，船长

呵，船长，詹其雄！
你指挥的渔船滑进了历史的漩涡
你站在了历史的浪尖上
祖祖辈辈休养生息的地方
怎就成了日本国的封疆
你守着维护生存的信念
与敌舰周旋在自己的家园
十七天的非法羁押
十七天的外族欺凌
撩动了多少中华儿女的心房
母亲的离世
在你心中种下难以忘记的遗恨
回来吧！
中国的雄起一如你的名字
是谁也无法阻挡的法轮
记住那些日子和鬼魂

继续指挥你的渔船
在钓鱼岛海域捕鱼畅行

2010 年 9 月 23 日

旋转空间

一个变形的时代
痛苦多么奢侈
　　——刘海星诗句

一、人

浓密乌黑的胡须
一根根，闪着宝石的蓝光
似春天雨后的野草
——茂盛、蓬勃、轩昂
这千万年道德的旗帜
一次偶然的荒唐
让一张秀雅柔媚的脸
变得威武雄壮
从此，世界开启了
混居、混浴的年代
英雄在火山口沉睡

满街飘逸的长发

赤橙黄绿青蓝紫

彩色的小李飞刀

于无声处，于温柔间

或许身首相离

发尖上的针孔

不仅窥视德行与心志

更看重钻石与豪房

长袖善舞，长发系日

你抓不住日月的妖女

在烈焰的发梢

灰成相思

光速总是快于音速

不满足声音传播的消息

——眼见为实

人们把眼睛长在了耳朵里

看见闪电就知有雷霆

无需斟酌、推敲与存疑

空气作为光与音的介质

无法满足粉碎的心思

制造出的魔镜

颠覆了一切历史

所有人沦为了奴隶

站在财富的角落

看不见时间对生命的纯粹
时钟的嘀嗒声
进化成追逐的指令
时间变成了物质
失去了不朽的意义
在洒满时间尸骨的废墟上
让灵魂为金钱塑像
插上一根绿色的羽毛
从此我将变得高贵

二、思想

雄性睾丸上的欲望
亘古以来的风
紫色的岩浆
穿越所有时空
荷尔蒙的粉末
在天地间聚合
一颗颗飘浮的珠子
色彩斑斓
在逻辑的维度上
串成了坚韧的珠链
锁住了大山
和连结大山的一切
恣意奔突的玩石

被纹理驯服

柔软如柳的腰枝

因朔风吹折而坚强

族群在欲望中成长

人们把大脑伸进神龛

用精神编织神像

以为自己站在祭台上

在清澈的迷茫中

悠然地生育、献身

致敬太阳

突然有一天

闯进了一台机器

带着对未来的预言

告诉人们

你们都是凡人

只有握着秘密的人才是神圣

谁愿意沦为凡人

掀翻上帝的餐桌

重新凝聚起精神

复仇的蓝光开始孕育

将千万年的真实挤垮

一场叛乱已经开始……

2011 年 10 月

清晨，写字楼前的一片枫叶

幻想过死亡的艳丽，在白雪皑皑的高原，
将血色交与山岳，胸堂里或许会飞出一只大雁。

没有想到那一点红却站在玻璃尸骨冰冷的背上，
孤零零面对这冷峻的楼群，在寒风中瑟瑟慌慌。

是一张大胆的红纸？想偷朝霞的气息？
扯成一张大旗，插在思想坟墓的最高处？

但是，在这凝滞的清光里，听到了震动大地的心跳，
哦，是一个走失的孩子，谁带你到这陌生的土地？

惯于欺骗的雨和不明世理的风，还有衣冠楚楚的帮凶，
要用你的鲜血解开他们挥之不去的梦。

或许因为向往爱情，或许因为追逐青云……
最后在发黄的书页里，留下一团痴呆的记忆。

你不属于这里，两瓣的心与你的五角无法贴在一起，
你的爱情根植于二十四节气，山坡涌起的青云是你的
　嫁衣。

归去！斟一杯美酒与晚霞共饮，自由自在地燃烧激情，
收起虚空的理想，让奔放的血液装扮你节日的情人。

即使死亡来临，仍然要做一盏红色的灯，
为来访的白雪指路、引领，为白雪抹上一片红云。

我捡起这枚枫叶，小心翼翼地贴在胸前，
迎着玻璃幕墙反射的光，继续迈向梦幻的世界。

2011 年 12 月

不再等待

灵魂站在我的头顶
捧着一颗安静的心
不再等待，启航远行
去寻找宁静的森林
安置我早已疲惫的肉身

不再等待
光明对黑暗的期盼
幸福对痛苦的依赖
生存对死亡的背叛
空间对时间的羁绊

不再等待
走出六道轮回

数一数布满星星的茫茫宇宙
有几艘没有吞噬时间的方舟
看一看清风明月下

有几多阳光的阴谋
我平静的心
如何承受这彩红似的刀刃

不再等待
回归生命的本真

乔装的身躯
无法阻挡腐败的气味
灿烂的笑容
是历史皱褶里的微尘
沉痛的哭泣
是落在火堆里的纸燕
赤裸的灵魂
才能承载无为的永恒

不再等待
奔向自由之门

让满山红叶覆盖我所有情丝
让冬日阳光穿透我所有梦想
让涓涓春水洗涤我所有行囊
让隆隆雷声炸响我所有魍魉
放下一切，一切放下

不要等待，不再等待
像飞天狂舞的长袖
在空中恣意飘扬

2012 年 1 月

静安先生 [①]

颐和园的一泓清水

怎能盛下你澎湃的心灵

溢出的水珠

射穿了乱世英雄的雄心

轻轻地一跃

划出的优美弧线

是一把血与火的利剑

割断了历史的脐带

从此

中国

丢失了古韵！

2012 年 1 月 12 日

---

① 静安：即王国维（1877—1927），字静安，中国近现代著名学者，北京大学教授。

清明雨

清明的雨
是长长的思念
一寸一寸地落在心里
浇灌出一个一个孤独、愁绪

不要断魂
酒家的旗帜
给你的只是血液的沸腾
雨滴下还有长长的路在延伸

明天的太阳
会像过去一样
照亮子孙!

2012 年 4 月 5 日

港　湾

白云需要山峰

流水需要海洋

航船需要港湾

灵魂需要天堂

漂移的星球

和秋天的落叶一样

在茫茫环宇中

总有自己的方向

我是一粒微尘

在历史的青烟中流浪

膨胀的胸腔

每天准备新的启航

嬗变的身躯

如同燃烧的太阳

只看见光和亮

看不见流动的能量

尘埃总要落定
孤舟总要靠港
像白云停留山颠
像流水融入海洋

港湾就在前方
启明星已经照亮
靠港，靠港，靠港……
心，永远飞翔！

2012 年 4 月 25 日

杂 感

爱情是一阵风
刮过之后归于平静

婚姻是一场豪赌
赌注是一生的幸福

友谊是带血的链子
用鲜血和生命浇铸

事业是春天的花朵
看上去很美，过季就枯萎

生命是时间的奴隶
被绑架在有限的空间里

身体是灵魂的房子
只是为灵魂遮风避雨

灵魂是一把野菜

种子和形体都是从天而来

2012 年 5 月 9 日

昨　天

昨天，是一棵树
一片叶，一枝花
在悄无声息中
越过原野、河滩或山岭

昨天，是一碗拉面
加点牛肉，加点香菜
或许还应该放点辣子
就更加妩媚

昨天，是一块玻璃
看到了风景，看清了道路
但总也走不过去

昨天，应该是一面镜子
照亮了稚嫩或成熟的脸
和留在脸上的山川
背后的一把枪？

甜甜蜜蜜的眸子?

昨天，是一张相片
伟大的贴在墙上
普通的留在镜框
渺小的丢在坟上

2012 年 5 月

青春不老

——为毕业 30 周年而作

一

三十年的风雨

洗涤了脸庞上的稚气

走过万水千山

今天，我们在太湖之滨相聚

抚摸滚动的心跳

又看到了草场门的楼角

秦淮河的桨声里

融合了你我的欢笑

河水里的青荇

惦记你的倩影

鸡鸣寺的钟声

敲醒了懵懂的心灵

山西路影院的台级上

留着你深深的脚印

虎踞龙盘的石头城啊

我们在你的怀里

编织彩色的梦想

铸造不老的青春

培育的友谊

经过时间的磨砺

熠熠生辉，历久弥新！

二

走过了三十年

我们没有建立丰碑

也没有可歌可泣的故事

在潮起潮落中生存

平凡得只剩呼吸

但是，我们走过来了

真真实实走过来了

收获了理想的音符

刷新了青春的背影

更懂得珍惜生命

就像这江南的秋天

原野上没有大树高耸入云

彰显伟岸与功勋

也没有五彩斑斓的山景

讲述多彩的人生

但有沉甸甸的稻穗

265

阳光下的金色更加动人

她是一支永恒的歌

年复一年，从古唱到今！

三

三十年过去了

我们不懂遗憾

也没有"逝者如斯夫"的悲叹

所有的一切

浓缩成车窗前的风景

生命就是一次乘车的旅程

带着对远方的憧憬

扛着所有托付的责任

赶了一程又一程

映入眼睑的图画

处处都美丽动人

有时也会让人惊心

岁月的刀斧

在我们眼角雕刻了鱼尾纹

时间的双手

将霜雪散满我们两鬓

但，我们没有到站

青春不会老去

前面的风景更诱人

"西岳出浮云，积翠在太清。"①

齐唱古老的歌谣

我们牵手向前行！

2012 年 10 月 12 日，作于去参加毕业 30 周年聚会的列车上

---

① 引自王维《华岳》诗。

吹响长笛的地方（十四行组诗）

你已经使我永生，这样做是你的欢乐。

——泰戈尔

生命长笛

我是一名流浪的歌手，
端着一颗庄重而又激荡的心，
在流金铄石的宇宙，
跟随躁动的人群前行。
我寻觅销魂夺魄的清音，
我寻觅流芳百世的词章，
我寻觅撼动山岳的激情，
我寻觅震彻云霄的高亢……
你给了我一支紫色的长笛，
你说，"莫教夕照催长笛，且踏春阳过板桥。"①
我携带这长笛越谷穿石，
用感恩的泪花吹出嘹亮的曲调！

---

① 引自鲁迅《惜花四律——步湘州藏春园主人韵》诗。

悠远的笛声点亮了生命的云海，
每一枚音符都挥舞鲜艳的色彩！

似水年华

风吹走了生命的春秋，
只留了些许斑驳的碎片，
阳光摩擦生成的褶皱，
让时光倒回了当初的华年。
一辆灰白的上海牌轿车，
装着我一颗皈依的心，
也装着二十八年的嵯峨，
开进这港汊交错的田塍。
我拈起系着绿丝带的长笛，
在这陌生的土地上吹奏，
倏忽间，吹过了五千八百天，
只剩下两鬓一丝丝的离愁。
在无垠的时间中流失的容颜，
孕育了长河落日的壮丽诗篇！

棕色记忆

记忆是一种悠闲的宠物，
总是在你的心头缓缓移动，
撒落的不是珍珠，也不是蚍蜉，

是一点点甜，或许还有一点点痛。
不会忘记绿色的田野和白色的河流，
不会忘记黄色的芦苇和黑色的土地，
不会忘记红色的头盔和灰色的尘垢，
因为，熬不住心中泛起的棕色涟漪。
我用宽厚的笛声歌颂逝去的风采，
无论是雨中为我撑开的纸伞，
还是撒落在我蓑衣上的尘埃，
透过草上的露珠更能看清远方的山岚。
二十年，或许更加绵长的记忆，
难忘记，血管里涌动的感激！

江畔沉香

还记得那江边温暖的夕阳，
芦苇在晚风中轻轻地吟唱，
江面的波浪戏弄出七色光芒，
我在江畔盘点手中的沉香。
这沉香不是来自千年古树，
也不是一篇忧伤的故事，
是用精卫的艰辛和渔夫的智慧收获的珊瑚，
鲜红透亮的颜色装饰我的长笛和情思。
我用胶凝的蛛丝编结沉香的经纬，
我用血燕的唾液充填沉香的肌体，
我用银白的月光浇铸沉香的脊椎，

我用金色的阳光为沉香裁剪罗绮。
我写就的诗句永远留在了江畔，
她是否会像沉香一样吐气若兰？

笛声飞扬

不会忘记那些泥泞的故事，
不应忘记那些如泣的风雨，
紧握长笛的手结满了茧子，
一代人的青春谱写了豪迈的歌曲。
站在历史的肩膀上，
看到了比历史更高的历史，
昨天的航程只留回响，
今天的使命是励精更始。
我听到新的笛声已经吹响，
亮丽而悠扬的声音宣扬更加宏大的理想，
追随大地上起飞的凤凰，
飞过山川河岳，飞向阳光。
哦，我吹响长笛的地方，
长笛之声永远飞扬！

2012 年 11 月 4 日

后记：仅以此诗献给江苏常熟发电有公司成立
20 周年，献给在江苏常熟发电有限公司一起共事的
同事们。

撕碎的纸片

挥手过去
打开了鸽子笼的门
一群白鸽飞起
它们是草木柔软的心
是草木圣洁的魂
舞姿翩翩，上下翻飞
沿着风的方向
放飞一颗轻松的心

承载过恢弘的蓝图
书写过激情的诗文
泼墨挥毫的酣畅
五线普颤抖的乐章
还有那红红的印行
沉重的辉煌
留在了书桌上

曾经的梦想

和着风一起合唱
曾经的神话
和着月光一起荡漾
站在草地和树梢
守卫着灵魂的光芒

2012 年 11 月 29 日

2012 年的初雪

昨晚你告诉我夜里要下雪
我的感觉是今年的初雪来得真早

早晨拉开窗帘
白色已将屋顶和汽车笼罩
还有些雪花在飘

电视里说
郊区的暴雪将树木压倒
高速路关闭
所有车辆滞留在国道

飘舞的雪花中
好像有些神在舞蹈
嘻嘻哈哈……
戏弄人的荣耀
巨手一挥说：我走了

不知道下一场雪什么时候到
请神或送神一样都无法预料

2012 年 12 月 4 日

红 云

这通天的血色
是一场胜利的黎明
睡眼惺忪
被清风吹醒
看到血色流淌的天空
想起了昨晚的火锅
还有咀嚼血豆腐的狂人
一滴一滴的红色
挂在嘴边
不知是咬破了舌头
还是吞噬了别人的心
"什么胜利？
房子涨了，股票涨了
还是撬了别人的情人？"
所有的高尚都在这血色中
撕下一块，贴在脸上
你就是胜利的人

2013 年 11 月

荆溪歌 ①

——为高中毕业三十五年师生相聚而作

铜官山最高

高不过师德的荣光

团氿水最深

深不过同学间友情

三十五年过去

有时也会忘记

勋、勡……②

这回荡在血管里的母语

总是让我想起——

同学、老师

没有呵斥，只有呵护

没有金钱，只有知识

没有荣耀，只有辛劳

---

① 宜兴古称荆溪，有西氿、团氿、东氿三水。
② 勋：读 fēn；勡：读 fiào。均为吴语方言。

277

师德的光芒

将我们懵懂之心照耀

水晶般的透亮

令我们懂得了沧海桑田中的欢笑

谆谆诱导的讲解

深入浅出的分析

一丝不苟的板书

慈祥和善的音容

甚至一身粉笔灰

深深刻入了我们的记忆

筑起了成长路上的航标

同学相伴的日子

是一种甜酸的滋味

教室里，操场上

田埂边，水井旁

灯光下，晨曦中

留下的不仅是琅琅书声

还有那甜甜的私语

风华正茂的年岁

葳蕤蓬勃的青春

磨肩接肘的相处

耳鬓厮磨的嬉戏

滋养了友谊

萌发了爱情

也许还留下了酸酸的单相思

虽然您不是我今生的圣像

但您是梵音，靡靡而绕

绕我三生而不绝

虽然您不是我今生的童话

但您是清音，叮咚流淌

淌出我一生中最唯美的诗句

由垂髫而黄发

其实没有多少日子

三十五年的时间

足够写一则动人的故事

没有铸就伟业

也经历了些许风雨

收获了生命的感知

就像秋天美景上的小草

平淡、平凡、平静

却不失缤纷的色彩和成熟的风姿

将要续写的故事沉博绝丽

不是傻傻期待

是从今天开始

　　　　2014 年 11 月 22 日，写于北京至宜兴的火车上

关于时间的断想

在时钟面前
我是一个巨人
可以随意拨弄指示时间的指针

在时间面前
我是一个矮子
想尽办法也无法触碰到时间的心

2015 年 2 月 2 日

我心同在

银屏是我们的世界，
键盘是我们的舞台。
为了行动自由，
为了思想变奏，
我来了，你来了，他来了，
我们相聚在闪光的大楼，
打开了 1 和 0 的玄数，
开启了探索的征途。

树起的旗帜上，
写着我们共同的理想
——做业界的翘楚！
每一天的行进，
都筑起一座丰碑，
记录着你、我、他的艰辛与奋斗。
多少个日日夜夜啊，
不仅是伏案的专注，
不仅是焦急的步履，

也不仅是窗口耀眼的灯火，
她是我们心的交融与相互鼓励。

忘不掉共同喝过的苦涩咖啡，
忘不掉一路上的风雨；
我们在银屏里有过悲凉，
我们在键盘上也曾经彷徨，
但，我们没有放弃！
我们的脚步依然如此坚毅，
网络、平台、代码、软件，
方案、请示、报告、实施，
用我们特有的方式，
编织了美丽的画卷，
拉起了信息互通的长丝。

我虽离去，
但灵魂不会变异，
理想不会逃避。
在窗外，为你们守候四季的更替，
当春雷再次响起，
希望看到你们飞翔的身姿，
叩开天庭的大门，
拿到畅游自由河流的金钥匙。

写于 2015 年 8 月

后记：2015 年 7 月，国家电力投资集团将我从信息公司调动到集团总部工作。这是告别时写给全体员工的诗。

情人节

爱，是

一种品质，

一种气度，

一种胸怀，

一种德行，

一种追求，

一种精神。

无需玫瑰，

有一颗善良、宽厚、温暖的心就足够了。

不仅是今天，

而是永远！

2016 年 2 月 14 日

家乡的田野

家乡的田野，白鹤飞翔；
弯弯的小路，野花怒放；
清澈的河水，鱼儿游漾；
远处的青山是白云故乡。
小小的山村，生养我们的地方。
你住村北，我住村南，
小手相握，悄悄耳语，
将各自的秘密分享。

家乡的田野，歌声飞扬；
弯弯的小路，飘过你的发香；
清澈的河水，映着你粉红脸庞；
远处的青山珍藏着你的向往。
古老的祠堂，是我们读书的地方。
你在课堂，我在连廊，
四目相对，心扉开敞，
我不敢看你羞涩的眼光。

家乡的田野，梅雨迷茫；
弯弯的小路，抬过你的嫁妆；
清澈的河水，漂泛你心中的悲凉；
远处的青山存不下我的懊伤。
村口的码头，我们相别的地方。
你做了新娘，我背起了行囊，
无言相交，青梅酒藏，
望断天涯相隔，清泪四行。

家乡的田野，阳光明亮；
弯弯的小路，无处寻访；
清澈的河水，分外欢畅；
远处的青山妩媚秀朗。
村中的市场，我们重逢的地方。
你的鱼尾，我的鬓霜，
依稀的轮廓，模糊的泪光，
长叹无处回首，旧情难忘！

2016 年夏

江南秋雨梦

穿过黑夜的细语

黎明挂在窗上

临河一片喧嚣

热气腾腾

蓑衣裹着的叫卖声

走过了十个世纪的雨巷

石桥，是一位悠远的老者

手中握着唐宋元明清

留下彳亍的、厚重的背影

秋雨洒落小河

水面泛起的涟漪

轻轻地、悄悄地

串起了江南从古到今的故事

儿时挂在胸前的铃铛

青春时的油纸伞

邻家姑娘的辫子

和发梢上的水珠
滴落进那只荷花缸

收藏了全部记忆
沏好一杯清茶
茶香里飘着江南秋意
远去的梦，落下的雨
回不去的时光
都融进一抹秋色里

2016 年 12 月 27 日

今晚没有诗歌

鸟儿不鸣，

花儿不响，

青春的脚步

踏着柔软的梦想！

今晚没有诗歌。

相拥的情人，

叨叨着古老的诗句：

所谓伊人，在水一方。

印在唇上的纸花，

是那位老人虚伪的慈祥。

不用出门，

就可以知道，

墙壁转角处，

有一只纺织娘。

它高傲地叫唤，

我不仅长有翅膀，

而且能飞翔；

我的歌声是机杼吱响，

让你的心回归千年工坊。
那些住在故事里的幼稚，
不知道用火光凿开缝隙，
才能将生命的长河照亮！

今晚没有诗歌
只有喋喋不休的纺织娘。

写于 2017 年元月

纪念青春

曾经的青春，

青涩的时光，

心头涌动的是遥远的理想。

为了那一抹亮色，

我们起早贪黑地奔忙，

走过了万水千山，

淌过了碧波巨浪，

但那亮色总在远方……

如今是两鬓苍苍，挂满冰霜，

虽然千里之志无忘，

脚下的铁鞋使我们难以再次启航。

别歌唱青春，

别怀念曾经的辉煌，

更别悔恨无果的过往。

当下是最好的时间和地方，

让心平静，

捏住手中每一缕清风，

你的生命就是那亮色，

无论年岁长幼，

都将如鲜花一样绽放。

写于 2017 年 5 月 4 日

今年没有如约看紫竹园的牡丹 ①

紫竹园的牡丹年年盛开，
如同一位多年的恋人，
总会如期赴约。
硕大的花冠，
宛如恋人富美的脸庞；
透亮的花瓣，
是情人光洁的肌肤；
精致的花蕊，
像情人动人的小嘴。
阳光下灵动的色彩，
是火热的激情，
拥抱你香艳的未来……

紫竹园的牡丹年年盛开，
无关岁月的流逝，
和月光如水。

___

① 紫竹园：北京紫竹院公园。

但我是个失约者，
长作一片浮云，
在天空中飘荡，
一会儿数数星星，
一会儿点点山岭，
对太阳低垂头颅，
对月亮扬起双眉。
在幽远的路上，
走失自己，
忘记了牡丹的盛开！

2017 年 6 月 13 日

父亲的老屋

——写在父亲节

父亲留下的老屋

沾满了松油味

妹妹侍候父母

用青春将松油洗净

流浪的我

梦中总为那间老屋警醒

不是为了过去的苦难

忘不了屋旁的草木

还有一起成长的松树

今天，我用天问之语

将父亲的老屋拆除

在一个特别的日子！

问一声父亲

您的希望是让山色青美

让乡村醇厚、祥和、妩媚

可我总是感受思想的泥泞

和冰凉的心灵

我想建一座华屋
能复活你的精神
让泥土芬芳
让田园丰盈
借一下父亲的背影
风惠水碧
云天情深！

2017 年 6 月 18 日

冬天的孤寂

透过柳枝编织的柔软的墙
感受残暴的风带来的信息
我知道——冬天是孤寂的
就像我戴着的花色小帽
在热闹的人群中找不到知音

树上吊着的孤单的红叶
在凝滞的天空下回忆伙伴
它是我血红的理想
曾经想沾染整个世界
那真是蓬勃的一树红花
（霜叶红于二月花……）
如今被揉碎在孤寂的冬天

一根根光秃的枯枝
希望自己是一支支利剑
刺破这冰冻的蓝天
让天堂中的鲜花撒满人间

但失去了思想的翅膀
最后只能在孤寂中被埋葬

小河欢畅的流水
也被冬天的孤寂麻醉
像一条僵死的巨蟒
静静地躺着
脱了皮的躯体泛着幽蓝的光

我不知道
这孤寂的力量来自何方
倾刻间毁灭了所有狂妄
苍凉和凛冽占领了原野
心灵在荒原上颤抖
虽然仍在呐喊
但是，再也没有共鸣与回响

2017 年 12 月 11 日

我崇拜天空

我崇拜天空

天空里有太阳

太阳温暖的双手

抚摸我懵懂的时光

捧着我的灵魂

在群山间飞翔

让我见识这世界的模样

我在阳光下成长

我崇拜天空

天空的夜色流淌悠香

皓月当空，乾坤清朗

我静静地静静地想

成长后会是怎样

繁星点点，青冥苍茫

我默默地默默地想

何处是天堂

我崇拜天空

天空的云彩如同新娘的衣妆

朝是霞帔，暮为霓裳

我喜欢这美丽的新娘

愿意被她牵着去寻找天堂，从此

天涯浪迹，歌声荡漾

开启了我生命的新章

心中装着寻找天堂的梦想

我崇拜天空

天空落下的雨是我青春的惆怅

如丝如缕，如烟如雾

纠结一起的烦恼

催生了我翻山越岭的锐壮

雨滴似泉，雨水成河

浇灌了我的禾秧

我收获了芬芳

我崇拜天空

轰轰的雷声是战鼓擂响

气贯长虹，势倾汪洋

这一份壮烈是一束激光

将我的背影刻在了天堂

没有怯懦，从未彷徨

雷声伴我雄起

传递我无穷力量

我崇拜天空

天空会飘飞白雪

这一份圣洁是对良善的褒奖

如同飞天的舞姿

赞颂着守护人心的信仰

白雪也是一幕晚景

遮盖朝气，封闭情网

陪着我慢慢走进天堂

2018 年 4 月 1 日

西津渡记忆 [①]

——谏壁电厂财务同事相聚

我走了几十年的路

在这里起步

风雨告诉我

每一刻都是成长

于是乎，我在长大

天在变大，地在变小

长路短路都是一种理想

歌唱那江边的涛声

还有劳动的号子

妇孺的生命！

我离开了几十年

这路一样雄健

不仅是白发宣告的历史

---

① 西津渡：坐落于江苏镇江城西云台山麓的古渡口，对岸为扬州。现为镇江市的旅游风景区。

轻轻的叙述

打破了故事和传说

有了无法忘怀的伟大的算盘

外加蓝黑墨水的钢笔

如今都变成了一个个电子符号

串成美丽的珠连

连接每一颗心

燃烧起火红的烈焰

我回到这里

感恩于这穿越时空的相聚

寻找当年的路和留下的痕迹

路变得宽阔、平坦、深远

痕迹在风中化成了新的奇迹

再次感受温暖、欢愉、轻健

老者的慈祥是一部善的哲学

年青的笑声是一幅动人的画卷

重新诠释了这里历史的伟岸

2018 年 5 月 1 日，写于镇江回上海的火车上

家乡情思

天上的云朵真白

田里的稻禾真绿

乡村的道路啊

真的宁静!

不远处的山峦

耸立了一亿五千万年

像一位仁慈的老者

用睿智的目光

关注着脚下这片土地

骆驼墩遗址上升起的袅袅炉烟 ①

创造了家乡六千年陶瓷文明

百合场岳飞大战金兀术的战鼓 ②

激发了乡人勇敢坚毅的决心

---

① 骆驼墩遗址:骆驼墩遗址位于宜兴市新街街道陆平村唐南自然村。为一处
重要的新石器时代遗址。其主要遗存距今约七千至五千年。

② 百合场:宜兴市新街街道。百合场的地名源于宋朝名将岳飞与金国大将大
战一百个回合的传说。

陆平村秋收起义的猎猎红旗 ①
唤起了民众追随新时代的豪情

我美丽的家乡啊
我要如何歌颂你
你是我无法忘怀的情人
我对你的眷恋
刻在了乡亲们额头深深的皱纹里！

2018 年 7 月 15 日

---

① 陆平村：是作者的出生地和成长地。是潘汉年、潘梓年、潘有年（潘菽）
的家乡。

石库门

我们塑造了自己的房屋，
而房屋又塑造了我们。
　　——邱吉尔

一碗老酒
和着江南千年烟雨
几碟小菜
伴着吴越古老细语
碰一下
从此撩开天涯

弄堂口的叫卖声
混杂着孩子们的尖叫
台上的花盆
散发出迷人的微笑
亭子间的灯光
不仅是一个个长长的梦
更是梦境中也无法躲避的煎熬

幽幽暗暗的角落

磕磕碰碰的杂物

嘈嘈切切的私语

嘀嘀嗒嗒的水滴

一曲曲城市变奏曲

在岁月的炊烟中

渐渐远去

亲婆箱子里锁着秘密 ①

偷偷地摸出几个铜子

买一包拷扁橄榄

幸福如同春天般甜蜜

阿爷捧着茶壶 ②

在摇椅上晃动身子

听话匣子里悠悠流出的弹词

搬一张小板凳

牵动阿爷的胡子

央求他讲长毛的故事

青石砌筑的门框

砖雕黛瓦的压顶

---

① 亲婆：上海人对奶奶的称呼。

② 阿爷：上海人对爷爷的称呼。

白色的马头山墙

在咿呀的西风中

蚀损成几何状的门楣

茛苕叶式的卷纹

镶嵌上了红青砖墙

从此，走出了古老的寓言

走进了五彩斑斓的十里洋场

如今

带着酒香的钥匙在哪里

苏州河畔的柳枝

黄浦江的浪花

依旧掀动着阿拉的风衣

打不开的黑漆大门

封存了一座城市的记忆

月色如忠诚的恋人

浸润着红色的屋顶

夜晚静静的

渐起的东风

抚平了心中的皱纹

所有的脸上

荡漾着时尚的欢欣

一种建筑
半座城市
千万人的灵魂
飞过重楼的诗意

2018 年 8 月

咳　嗽

上帝在我身上养了一条狗，
为我守护时间进出的门。

任何幽灵在门前飞过，
它就会不停地狂吠，
吵着了自己，也吵着了别人！

2018 年 9 月 22 日

一支颂歌

——纪念流逝的四十年

站在二零一九年的路口，
回首凝望我青涩的背影，
一九七八！无法抹去的光阴，
（那一年，我十八岁！）
肩上的扁担压出深深的血痕，
脚上的草鞋拖着坨坨的泥泞，
在黑暗的大地上，
我挣扎、摸索、罔生。

遥远处，
萨克斯吹奏出悠长的乐声，
将凝固的空气抻拉成，
一根根长长的青丝，
将呆滞的水波编辑成
一串串锵锵的希音。
我追寻那悠扬的旋律，
挺起胸膛，装怯作勇，

在布满蛛网的道上疾行；
用软弱无力的右手，
抹去刻在脸上的墨刑。

无需忧伤，
无需惆怅，
无需彷徨！
萨克斯正演奏一支颂歌，
一支藏在我心中的颂歌，
饱蘸东升太阳的红色——
如椽之笔，
在广袤的大地上，
刷写出一个个跳动的音符。
一个老者用布道者的神情，
说破了几百年来的梦想，
犹如弥赛亚的预言，
在神的荣光中冉冉升腾……

于是，青丝和希音
聚合成幻变的神力，
变成一条条青黑的高速路，
变成一辆辆快乐的自驾车，
变成一道道闪亮的钢轨，
变成一列列飞驰的列车；

变成一声声轰鸣的机器，

变成一股股升腾的白烟，

变成一垅垅金色的果实，

变成一垛垛丰收的喜悦；

变成一根根银色的电线，

变成一束束灰色的光纤，

变成一窝窝看不见的 Wi-Fi，

变成一部部不断叠代的计算机；

变成一幢幢耸入云天的大厦，

变成一排排白墙黛瓦的民居，

变成一群群川流不息的人群，

变成一声声充满激情的对话。

最后，

变成了高山之颠的风，

变成了丛林中的绿，

变成了波澜壮阔的涛声，

变成了十四亿人的呐喊！

这呐喊，

汇聚成一支支雄健的火箭，

穿过缺衣少吃的历史，

穿过黄蓝色的单调天空，

穿过僵硬麻木的表情，

穿过瘦骨嶙峋的身影，

承载着自信的笑容，
承载着鲜亮的衣着，
承载着矫健的体态，
承载着幸福的步伐，
承载着田园的牧歌，
承载着城市的丽华，
承载着灿烂的梦想，
奔向太空，驰入宇宙，
冲向民族复兴的辉煌峰顶！

萨克斯的旋律，
如春风拂面，
虽然只飘过四十年，
但她超过了陶埙几千年的音韵；
我四十年的生命历程，
也活过了几番轮回的古人。
如今，站在一个花甲的边上，
点数过去，瞻望前景，
心中那一支颂歌，
和着萨克斯吹奏的风，
在古老大地上永远唱吟！

2018 年 12 月 31 日

四月的希望

三月，我寻找，
寻找希望，寻找春天！
寻找走出黑暗的时间。

四月的快手，
翻过了受伤的日历；
渐起的东风，
吹散了心中的苦寂。
冷雨即将散去，
云蒸霞蔚，桃梨花开。

四月，我们栽下笑靥，
只为证实春天。

看，那青青的秧苗，
秋天将收获的果实，
被四月的风点亮；
听，那清脆的莺歌燕唱，

如庆祝丰收的乐曲，
在四月的城乡回荡。

四月，绚丽的喜悦，
因为爱而来。
陌上花已盛开，
河畔暗柳摇摆，
山房新茶飘香；
掬一捧四月的春水，
洗一洗脸上的疲惫，
挑一担春光归。

四月，希望已昭，
春风拂面，阳光正好！

2019 年 4 月

心之衣

往前，
千万年的过往，
知道自己的来处。
因为，
穿着母亲的胎衣。

往后，
不可塑定的年轮，
不知自己的去处。
因为，
失却了祖先传下的罩衣。

给过去送上寒衣，
温暖自己的心灵；
给往后准备锦衣，
守护自己的归程。

2019 年母亲节

号 角

青春
太阳手上的号角
生命
挂在嘴角的微笑

热血点燃太阳
汗水擦亮号角

蹈锋饮血的勇气
握紧生命的马刀

号角嘹亮深远
微笑自由飞飙

2019 年 5 月 4 日

古 桥

千年来往的人影
像一把把灵巧的梭子
编织出一行行历史的屐痕

喧嚣躲在后面
繁华落尽，留下的秘密
如这一块块沉默的石头
在远飘的紫雾中沉沦

车辙，刻在石块上的年轮
数不清的圈圈
记录的不知是哭还是笑

亮如镜面的青石板
磨穿了多少心事
又照临了多少六爻

站立百年的望柱睁着双眼

看过多少负笈少年
又见过了多少花轿

滔滔不绝的河水啊
涤荡了古今一样的鲜血
在高吟的颂歌中醉倒

我儿时的小脚
跌入了祖先的脚印
坐在勾栏上
倾听远处传来的歌谣

而今，在这寂静的角落
一位遗世老人
躬着古老的脊背
黄昏中，血色缭绕

2019 年 6 月 23 日

梅雨·印象

小时候

只知道梅雨就是下雨

分分秒秒在下雨

河沟池塘的水满了

稻田里的水满了

家前屋后的菜地被泡了

燕子在屋沿的窝里呢喃

青蛙在水里不停地鼓噪

我们打着赤脚上学校

在泥水中翻了几个滚

也就长高了

青年时

知道了雨是梅子的情侣

"梅子黄时雨" ①

站在湖畔，看着雨滴

---

① 引自宋贺铸的《青玉案·凌波不过横塘路》词。

心中泛起尖尖的酸意
想着那意中人
就是青青黄黄的梅子
我的爱恋
就是这连绵不绝的雨
从早晨嘀嗒到天明
滴碎了青砖，滴穿了石臼
总也滴不进她的心

再后来
知道了梅雨是岁月的记痕
天空中落下的每一颗雨滴
都是历史刻漏中跌落的时间
躲进了储藏室、衣柜里
留下一块块乳白的斑点
像随意洒落的星星
大小无序，疏密不匀
又像我一路走来的脚印
有快有慢，有重有轻

窗外的雨还在下着
滴落梅子上的雨
不再是揪心的酸意
是浸泡多年的老酒

甘甜、香醇、和怡
喝一口，我就醉倒在
江南悠长的梦里

2019 年 6 月 30 日

时 间

时间
宇宙黑洞里伸出的手
不经意间
盗走了你的一切
——青春、梦想、红颜、勇气

2019 年 8 月 8 日

梦断星海湾

曾经想用太行山的石头
砌筑渤海围堤
曾经想用绛红色的城砖
砌筑城市围墙
梦想，永远是一支口红
在酸酸甜甜的粘稠中
让生命慢慢地消融

远航
少一支舵桨
坚韧的帆索
无法拉起倾倒的桅樯
宽阔的风帆
没有桅杆的支撑
难以接受季风的犒赏

飒爽的红缨
在马嘶声中抖出名望

马背上的英姿
吞噬了羡艳的目光
"嘚嘚"的马蹄声
敲碎了一颗膨胀的心房
撒满海滩的是黑色的狂想

绿树成荫
掩映着红墙红瓦的情场
西式的尖顶
戳穿了一个女人的心房
或许是床第上的故事
或许是罪恶的交易
可怜的上帝
失却了一位卑鄙的选民

星海湾古老的传说
狂妄者想建立自己的帝国
其实就是一条青鲨精
雷霆震怒，撒下的星石
击毙了兴风作浪的妖神
海湾回归了宁静

古今的故事
像海浪一样翻滚

即使主角做了变形

只要有同样的猖狂

有同样的黑色梦想

天上也会有同样的神明

星海湾就是一把青龙偃月刀

会切碎一切妖孽的晨昏

2019 年 8 月 15 日

祖国是什么

在我六十年生命历程中，
我不止一次地问：
祖国是什么？
祖国到底是什么！

我久久地想，深情地想……
虽然想不出确切的定义，
但每一次想起"祖国"二字，
血液会奔腾热辣，
心脏会快速舒张收缩，
眼框里涌出滚烫的泪花，
脸颊上泛起温暖的红霞！

祖国是什么？
是一望无际的原野，
是绵延起伏的丘陵，
是辽阔的草原，
是莽莽的沙漠，

是山，是海，

是奔腾不息的长江、黄河，

是天空中祥和的白云，

是二十八宿闪闪发光的星星！

祖国是什么？

是刚刚播下的种子，

是即将收获的果实，

是撒出的鱼网，

是奔驰的骏马，

是树木，是森林，

是隆隆的轰鸣，

是飞行的列车，

是生生不息的希望！

祖国是什么？

是乡村的炊烟，

是城市的喧嚣，

是端午的龙舟，

是中秋的月饼，

是情人躲在茅屋里的热吻，

是婴儿咿咿呀呀的呼唤，

是母亲端来的热腾腾的饺子，

是父亲在身后的殷殷叮咛！

祖国是什么?

是孔子、老子、庄子的思考,

是屈原的《离骚》,

是《两京赋》的恢宏,

是唐诗,是宋词,

是中国画中的散点透视,

是汉字书法中万笔千凝,

是文人的傲骨,

是农人的忍辱,

是百折不挠的精神!

祖国是什么?

是一片土地,

是一群人,

是一种生活习俗,

是一个温馨的家,

是与这个家相关的一切,

是我生气发怒可以谩骂

但绝不允许外人侵入的地方!

祖国是什么?

是我永远唱不完的恋歌,

是我永远写不完的诗句,

是我为祖先守护的灵魂,

是我为子孙呵护的土地。

祖国啊,

我亲爱的祖国!

2019 年 10 月 1 日

飞 旅

我用手机拍下了
蓝天中那片白色的云
小心翼翼收藏起一段旅程
云底下是绿色的山
山顶上旋转的风车
又好似那片白色的云

飞机轰鸣着，呼啸着
带我冲进了那片白色的云
云的灵魂如山岚般轻盈
连绵的云团组成了宫殿似的梦境
一层层叠着一层层
我像一枚飘飞的黄叶
在绚丽的梦中穿行
即刻化作了一片轻柔的白云

2019 年 10 月 17 日写于攀枝花飞成都的飞机上

命 程

——贵州记忆

写几行代码

赋予内在的逻辑

像观山湖的红叶 ①

在微风中轻轻翩跹

每一次振翅

都会敲响生命的琴键

组成一支颂歌

歌唱曾经的岁月

那些山、那些水

重塑了我的坚韧

那些雨、那些雾

洗涤了我的心灵

那些树、那些花

装饰了我的梦境

---

① 观山湖：贵阳市区的一片湖，建有观山湖公园。

那些风、那些云
擦亮了我的眼睛
还有那些人啊！
成了我生命程序中
不可或缺的外存

在这片高原上
我编写的命程
如彤彤红日
喷薄而出，光彩照人
金光涌入了我的血管
刷新了彩色的背影

写几行代码
赋予内在的逻辑
无论已经开启的应用
还是已经休眠的算法
都和时间一样
被我生命占用
浑然成人生风景

2019 年 10 月 31 日写于贵阳飞上海的飞机上

城市秋色

翻开日历
知道了已进入深秋
打开手机
知道了天气的冷暖

楼宇，一个个钢铁硬汉
鳞次栉比，层层叠叠
宣示了城市的形象
挡住了秋天的飞翼
为了内心的清凉
散发着浑浊的气息

远处吹来的风
一路上吸足了工业鸦片
踉踉跄跄，跌跌撞撞
完全是一个油腻的醉汉
丢失了收割夏天的锋刃
丧失了投递季节的能力

落叶，被凋谢的诗意

残存的浪漫与美丽

在火与冰的暴力中

成了一只只羸弱的灰雁

迷失了回归的方向

找不到色彩变幻的路径

从浓绿的天空突然坠落

树叶间的沙沙作响

仿佛是生命夭折的声音

太阳依然越过了二百一十度

向更高的黄经攀升 ①

城市里的马路

是一条条带刺的长鞭

马路上奔跑的汽车

是长鞭上的一颗颗毒刺

它们一起抽白了太阳的脸

朝霞不再红艳灿照

晚霞不再亮丽喜悦

天空的高远与辽阔

---

① 黄经：是指天球黄道坐标系中的经度。它是在黄道坐标系中用来确定天体
在天球上位置的一个坐标值，由春分点起向东量度。在这个系统中，天球
被天赤道平面平均分割成南北两个半球。

是一个远去的寓言

苍穹是一只破毡帽

带着使人窒息的气味

紧紧地扣在城市的头顶

夜晚，只有少数几颗星星

眨着发红的眼

预告着人类的宿命

翻开日历

才知道已是深秋

打开手机

才知道天气冷暖

站在楼上

看到了火与灰的秋景

写于 2019 年 11 月 13 日（霜降）

我是人，或是一颗流星

我是人
来自父母偶然的爱
温热的身躯让世界多彩
灵魂在心灵深处歌唱
歌唱这个世界给我的爱

或者，我是一颗流星
无边的宁宙
漆黑茫茫
当我仰望天空
在点点银光中
寻找我的灵魂
犹如划亮的一根火柴
瞬息消逝
谁也无法破译这一闪红尘

2019 年 11 月 23 日

秋　景

储存了春的希望

积攒了夏的热情

秋天——铆足了劲

在大地上尽情地奔腾

随手挥洒的色彩

一片片，一层层

装点了原野、江河、山岭

田野上铺泼的金色

阳光下闪闪发光

装着丰收的喜悦

向远处奔涌，如砥无垠

河流是银色的飘带

在大地上舞动

曲曲弯弯，飘向岁月深处

河水泛着微微的波浪

在日光下眨着眼睛

湖泊是绿色的明镜

水面澄亮而宁静

只有倒映的白云

如巨鱼在水中缓行

树林——由北向南

醉意朦胧，酒色动人

于是，山峦着色

如同印象派大师的画笔

缤纷出一个个花团似的清晨

虽然也有落叶飘飘

带来萧萧的气息

但枝头挂满的果实

才是秋天的告白：

将春夏的阳光和风雨

熟成了一幅收获的风景

2019 年 11 月 28 日

平　静

一杯小酒
冲淡了过去的岁月
几颗花生
粉饰了未来的太平

平静
就像下着雪的城市
朦胧而宁静
更像结了冰的水面
没有落叶飘零

平静
不是策略
也不是选择
是风雨涤荡后
刷新的人格平面

平静

不是个性
也不是表演
是历经阴晴圆缺后
灵魂深处的警醒

没有春夏秋冬的循环与轮回
没有天涯海角的放逐与迁徙
没有山訇江怒的激越与猛烈
没有疮深痛巨的哀情与悲苦
无法站到平静的高台上
面对过去、现在、将来而高屋建瓴

平静是理性的升华
平静是生命中最美的诗文
平静是站在人生边上的风景
平静是老将军脸上笑盈盈的皱纹

2019 年 12 月 9 日

一　瞥

——纪念石评梅

一

从古老的华屋中走来

偶然的一瞥

似猛烈的闪电

击穿了脑海的黑暗

似碰撞的燧石

点燃了胸中的火焰

似和煦的春风

吹遍了封冰的原野

更似一股暖流

撩拨了你爱的琴弦

从此你坚守着一个信念

为这一瞥

你燃尽了梨花容颜

埋葬了爱情的蓓蕾

用珍珠似的眼泪

串起长长的思念

挂在爱人的墓前

化成一颗颗红豆

倾诉着蚕丝一样的缠绵

二

一瞥——

虽然短暂甚至恍惚

你用哀情叙写的故事

却在红尘中久久流传

"灰城"镌刻了你的名字

那块青石碑

站立了百年

像一位老人翘首远望

寻找着"真的猛士"

松涛阵阵，回荡在高殿之下

翠竹森森，笼照在绡雾之间

远去的是猛士的背影

靠近的是懦夫的灵魂

我古园的锣鼓啊

何时才能敲响澎湃的声音

哪怕成为一群雁雀

也应呼唤绯红的黎明

回馈那一瞥中振荡的心声

三

一个英雄辈出的时代
无需在熔炉中锤炼
一瞥——
足以锻造一个钢铁灵魂

2019 年 12 月 27 日

理　想

领导说：理想
是组织的旗帜
是共同的信念
是行动的指南
是前进的方向
是奋斗的目的
是献身的价值

家长说：理想
是生命的风帆
是生活的源泉
是成长的信念
是未来的美景
是成功的动力
是光辉的彼岸

百姓说：理想
是一片遮风避雨的房子

是一辆自由行驶的车子

是一件得体舒适的衣衫

是一碗滋味浓郁的菜肴

是一杯醇厚绵长的陈酿

是一位忠贞不渝的伴侣

是一首轻快明朗的乐曲

是一世平安康泰的生活

自然说：理想

是明亮的天空

是闪烁的繁星

是葱郁的山峦

是清澈的河流

是平缓的大海

是丰收的土地

是道的遵循

是所有存在者和谐相处

城市说：理想

是洁净的空气

是顺畅的交通

是清寂的环境

是自觉的秩序

是琳琅的货物

是友善的邻里

是美好的学校

是爱心的医院

是健康的文化

是文明的权力

乡村说：理想

是风调雨顺的天气

是稳产高产的种子

是价格公道的农药、化肥

是利农的收购政策

是娃娃们去得了的学校

是看得起病的医疗

是放得下心的养老

是清洁稳定的水源

是干净整齐的环境

是对传统习俗的尊重

是与城市一样文明的领导

所有理想汇聚一起

——追求幸福，维护人的权利

2020 年 1 月 7 日

黑色今夜来临

一

我微笑着，仰望

这浩瀚的夜空

夜色中的点点繁星

是我身上流失的热情

银河成了黑色与星光的搏斗场

在翻滚的黑暗中

星光在奋力涌送

也许，黑色今夜来临

黑色今夜也许来临

它想亲吻我额头的皱纹

这皱纹犹如古老的海沟

曲曲弯弯，浅浅深深

沉积了来自时间的泥尘

皱纹还是一条记忆的飘带

沾满了世间的五味杂陈

是一根捆绑躯体的妖绳
一头系着我婴儿时的哭声
一头指向灵魂风散的归程

黑色今夜来临
我的眼睛不再透明
眼前闪动跳跃着黑点
能见的一切都是叠影
眼角流下的不是清泪
是黑色搅拌后的墨痕
窗户即将关闭
除了模糊的景色
还有混沌的心灵
记得儿时的梦香
忘却了昨天的行程

今夜，黑色已经来临
遮挡了欢乐的时光
阻塞了快乐的归径
我曾经坚挺的脊梁
在黑色的浸漫中
疲软、弯曲、变形
似一棵千年老树
漆黑的表皮下

351

是空洞的树身

无力再塑新的生命

从此或许就要在黑色中蜗行

二

我微笑着，寻找

这黑色里的红黄蓝

想解析人生的晨午昏

但我知道

没有一粒准备发芽的种子

和一颗成熟的果实

可以逃离黑色的明镜

2020 年 1 月 18 日

除 夕

醉倒在旧年的怀里
回睨盛酒的老罐
酒罐上一段古老的铭文
告诉我今夕何夕
嘴角残留的老酒
是祖先留存的密码
承载着我来去的信息
我品咂着，眷恋着
犹如一棵老树
对土地和阳光的依恋
冬去春来中
咀嚼着年轮的滋味
花开花落间
聆听生命的声音

我爱，所以我醉
悲欣交感——
在这个隆重的夜里！

写于2020年1月24日除夕夜

今 天

今天

一个平常的日子

地球完成一次自转

太阳东边升起西边落下

大海潮起潮落

生命诞生、成长、成熟、衰老、死亡

万物在"识别"的逻辑下

完成一次次交互

"日子"运行在永恒的轨道上

今天

一个特殊的日子

二零二零、零二零二

这是今天特定的符号

人类与上帝的约定

带着上帝的荣光

站在智慧山巅

高扬着理性的风帆

"日子"在"理解"中远航

今天
特殊与平常
我们感受了风的力量
体会了温暖的阳光
很多人计划着
为制造生命领取证章
但是
在这个相约千年的日子
上帝放弃了承诺
因为
无法阻止撒旦制造恐慌

主观理解面对客观识别
说不清是与非的主张！

写于 2020 年 2 月 2 日

青 春

有人说：
"青年如初春，如朝日，
如百卉之萌动，
如利刃之新发于硎，
人生最可宝贵之时期也。"

我说：
青春是草，生机勃发，
青春如花，绽放烂漫，
青春若树，葳蕤盛大。

青春是山，无限登攀，
青春如水，快乐欢惬，
青春若地，负物植蓄。

青春是诗，幻影陟遐，
青春如歌，欢快浪漫，
青春若画，创构年华。

青春是梦，飞彩流霞，
青春是虹，五彩斑斓，
青春是光，炽照天涯！

2020 年 5 月 4 日

前 行

心中装着理想的风帆，
如洪流在江河中奔涌。
不能停下脚步，
不应停下脚步，
筚路蓝缕的前行，
是悠然自乐的人生；
只有运动着的生命，
才能呈现生命的至真。
新冠，渺豸小虫，
何以阻挡我的前进；
政客，历史蚍蜉，
何以撼动我的鼎兴。
走过的路将告诉世界，
抚过的云将告诉世界，
流过的汗将告诉世界，
我在人世间活过，
总在不断前行！ 前行！

2020 年 8 月 3 日

向日葵

毕生的精力
追逐太阳
灿烂与朝霞媲美
今天，已无法跟随
不是太阳落山
而是我将枯萎

所有的籽粒
是因的果
有的饱满俊美
有的瘪塌丑歪
结果无法改变
因为，最好的时光
已随风而飞

2020 年 8 月 25 日

八 月

八月

火热、滚烫

上帝的怒火

劳动者的炼狱

贵人的戏谑

灵魂在火炉里焙烤

生命的疯狂

写在八月的脸上

远去的背影

流淌的泪水

将迎来收获季的诞生

2020 年 8 月 31 日

谁会活到最后

我们还活着
活在口罩里
喘着半口气
苟延残喘
像一只躲避天敌的田鼠
藏在深深的洞里

耶和华遵守了立约
没有漫灌洪水
也没有指定一位诺亚
惩罚人类的不端
但撒下了看不见的病毒
如同洪水淹没所有的土地
病毒如烟雾
弥漫了人类的家屋
人们在憋气中死去
上帝的骄子也不能免除

谁能活到最后
耶和华新一轮的惩戒和选拔

2020 年 9 月 8 日

云

我相信

人类的灵魂

是飘浮的白絮

在天空中

如乞丐般流移

排列组合、分裂汇聚

变幻成兔、狗、虎、狮……

2020 年 9 月 13 日

小时候（组诗）

——写给 20 世纪五六十年代出生农村的人

一、油灯

点亮的油灯
将黑夜烫了一个洞
成了我爬出去的门

二、上学

夹在腋下的布包里
包着一枚蝴蝶翅膀
虽然不明白飞翔的意义
却兴起了对远方的向往

三、刈草

在蓝天下游荡
与小鸟一起歌唱
猪羊挨饿的嚎叫

觉醒了心中的慌张

四、戏水

高翘的船头
是最美的跳台
几十次的上下
肚皮上画出了
一道道赤眉

五、偷山芋

电影里学到的技巧
匍匐在垄沟里
掏一个洞
饥饿的小手伸进去
丢失了道德的手套

六、钓田鸡

聒噪的声音
觉得它很有见地
小小的蚱蜢
却让它丢了性命

七、照黄鳝

点燃的火把

在黑暗中游走

田埂像一条赤色巨蟒

吞噬了多少甜美的梦

八、捡地衣

雷声传送喜悦的信号

雨滴撒下希望的种子

彩虹初现的时刻

我们在草丛中寻找

寻找地仙唱出的歌谣

九、拾粪

行走在历史的旮旯里

寻觅着丰收的梦

十、拾穗

被收割过的田野

是一片荒原

我们像觅食的鸟儿

在荒原上一字排开

十一、扒桃凝

上帝仁爱的眼泪
滴在桃树上
结出了一颗颗花蕊
我们悄悄摘下
充垫了翘望的饥馁

十二、分月饼

甜蜜的圆月
被分切成一个个快乐
舍不得吃掉那一角
总是遗忘在某个角落

十三、过节

扒着手指
计算剩余的日子
仿佛已经闻到了
妈妈烧肉的味道
那一份幸福
刻画了睡梦中的微笑

十四、拜年

带着一只布包

挨家挨户乞讨
不是乞丐的窘迫
是一声声祝福
一阵阵欢笑

2020 年 10 月 3 日

霜 叶

——写在庚子年重阳节

血脉的偾张，
生命的狂欢，
在一个动感的季节，
点亮了一个世界。
一个绚烂、耀眼的世界。

从一点叶芽起，
春水中的蓬勃，
夏雨中的葳蕤，
都是为一次相遇。
一次辉煌的相遇。

朔风携带爱意，
将树叶紧紧抱住。
火辣而疯狂的吻，
羞红了叶子的脸。
从此，这彩色的甜蜜，

深深植入了叶子的肉体！

被爱浇灌过的霜林，
一排排，一片片，
生机勃勃，五彩缤纷。
阳光下，一棵棵绮树，
是披着盛装的青春男女，
临风而立，歌唱蓝天！

不要说"老去悲秋强自宽"[①]，
不要说"春华落尽，满怀萧瑟"[②]，
霜叶是成熟的华年，
是风雨洗刷后生命的沉淀；
是升华的思想，
是澎湃的激情，
是燃烧的火焰，
即使落下，也是儿女对母亲的依恋！

2020 年 10 月 25 日

[①] 引自唐杜甫《九日蓝田崔氏庄》诗。
[②] 引自宋刘克庄《贺新郎·九日》词。

放 下

昨夜的风

吹走了时光

举首抬足间

留下的些许碎片

卷进了历史的天际线

心中无事

像那潺潺溪流

清澈、透亮

欢乐向前……

2020 年 10 月

大 雪

没有雪花的"大雪"如期而至，
天空中飘落的不是雪花，
更不是春天的柳絮，
而是流言蜚语。
今年的日子过得，唉！
像跌入窨井的老鼠，
憋屈中充满了恐惧。
如龙卷风过后的家园，
许多东西纠缠在一起，
分不清来路和去处，
也搞不明魔法或圣帝。
颠来倒去的秩序，
犹如闪电划过的夜空，
明亮与黑暗瞬间倒置，
空气中弥漫着深深的焦虑。
纷纷扰扰的天地，
何时扫清这乱朱红紫？
良知呼唤着，呼唤着，

呼唤着凌厉的大雪，
用雪子击碎世间的梦迷，
恢复日月星辰的时序；
用雪片埋葬 一切混沌和不幸，
期待雪后新霁，
红日高升，朗朗乾坤！

2020 年 12 月 7 日

373

我穿着红衣服行走在南京路上

清晨的阳光
犹如一枚甜枣
将一颗欢心点亮
我穿着红色衣服
好像是举着红旗
在南京路上飞扬

所有的眼神
如一只只寻花的蝴蝶
纷纷落在我身上
虽然戴着面具
看不出是否在微笑
但我知道
所有的心
都在红色中荡漾

2021 年 4 月

母 亲

我在阳台上
翻晒昨天的记忆
阳光下
一缕雪白的头发飘起
看见母亲在灶房里
柴火如阳，灶堂的火光
投映在她沟壑纵横的脸上
她把温柔和笑容揉进了
米里、面里、菜里
煮出了一锅热乎乎的爱意

2021 年 5 月 9 日

开 车

出发

高速路的前方没有车

昏黄的太阳

牵着我奔向远方

路边的乌云

挡住了心中的风景

我用歌唱

剪出了一扇窗

看到母亲忙碌的背影

和家乡葱翠的山冈

快乐如同天使

心落进了幸福的殿堂

2021 年 5 月 3 日

四月三十日的风

如同人类多变的心情，
风——
你变幻莫测，行踪不定，
总是制造不同的气氛。
温柔时，如母亲的爱抚与絮语，
缕缕幸福流进心田；
狂暴时，如野兽的奔袭与雷吼，
要摧毁一切文明。

四月三十日，你袭击了南通，
因崇尚绿色而自豪的树木，
在你的蹂躏下，东倒西歪，
甚至折断倒伏；
刚直而挺拔的电杆，
在你的拍击下，摇晃着……
腰椎终于不够刚柔，拦腰折断；
漂亮而高傲的广告牌，
你用孔武的大手，轻轻一扯，

高傲跌落，漂亮粉碎；
还有那恣意奔跑的车，
在你挥舞的手势中，如一名醉汉，
在马路上左右摇摆，跌跌撞撞；
更可怕的是，你的威力
差点让飞机折断翅膀，
停机坪上的飞机，
在你的怒吼中旋转，
飞行途中的飞机，
在你的妖舞中转向！

你的肆虐，不是发怒，
是复仇，是毁灭……
城市轰响，生物惊魂，
街道飞沙，楼宇震颤；
瓦飞砖落，房屋欲倾，
村落半零，鸡犬不鸣；
石滚土翻，园场茸龙，
断枝横路，人车不行；
稼禾伏倒，良田毁侵，
果蔬凋萎，沃土蚀损；
海翻恶浪，河涌涛鲸；
倾覆渔舟，垮塌石滨。

你这妖风啊，

带着你的帮凶

在"哐哐"的闪击中，

伤了我多少胞人，

十一人被你夺走性命！

我们用鲜血，

再次记录了你的恶行。

从不相信天命，

我们不竭的智慧，

定能找到征服你的路径

牵着你，重塑全新的风景！

2021 年 6 月 7 日

后记：2021 年 4 月 30 日 18 时至 21 时，南通遭受风暴袭击，最高风速每秒 45.4 米，达到了 14 级强风等级，造成了严重的人员伤亡和财产损失。

上海老街

烟雨深深
施洗多少魂灵
像传教士
流落街市乡村

醉里红尘
熏染多少素心
是嬉皮士
踏碎陈迹旧痕

多少年
天涯苦旅
或者
安堵如故
难改骨髓里
流淌的遗韵

这遗韵

是老街撒出的种子
无论经历多少风尘
都会落到老街的墙上
长出一棵棵小草
守候鸽子的咕咕声

2021 年 6 月 15 日

我没有进入诗人圈

我没有进入诗人圈

因为我写的不是诗歌

我写的是生命

或者说，我用生命

书写了一些文字

说一些通俗的故事

我没有进入诗人圈

因为诗歌是用来歌颂

用来崇敬，用来揄扬

或者是用来欢唱

我写的句子只适合呐喊

适合站在河边或山颠嚎嚷

我没进入诗人圈

诗人是圣殿骑士

有一顶金色的桂冠

可以在豪华的殿宇炫耀

而我只是平地上
隆起的一堆黄土
只有一顶杂乱的草帽

我没进入诗人圈
每个诗人都有一本精选
装帧得如同一座宫殿
金碧辉煌，光彩夺眼
每一页都贴着金箔
每一幅插画都十分妖艳
每一行诗句都来自"湖畔"
而我只有写在地头的俚语
就像麦穗、稻谷、高粱和小米
在灰黄中讲着自己的故事

我没有进入诗人圈
因为不喜欢圈里的气味
浓郁、香艳、奢华、贵气
经典的"香奈儿5号"
尊荣的"宝格丽大吉岭"
夜色中如同妖雾
锁定了诗人们的心
写出的金句
如同圈里的香气

我只能唱着山歌湖曲

远离这圣洁的圈子

2021 年 6 月

囚 禁

我用岁月之光
筑了一面墙
囚禁了我的思想

然而，思想
却成了另一面墙
囚禁了岁月的方向

2021 年 7 月 4 日

我不止于呼吸

呼吸，时空唤醒生命
像一个一个气泡
一会儿出，一会儿进
留下一串串彩虹似的泡影

我不止于呼吸
无论站在潮水汹涌的黎明
或者倒毙于日落长河的黄昏
我的世界飞满精灵
以梦为马，花生星辰

我呼出七昧真火
化成七色火云
在我锈色斑驳的天空翻滚
烧毁我乱石岗上的白骨
和一生背负的庇荫
看到了巨人擎起的光明

我吸入洪荒与浑沌
回归昭昭日月，朗朗乾坤
即使在我胸中垒起千座高山
也无法压抑我蓬勃的青春
高山之巅将开出匙叶花
这是我永不凋谢的痴情

我要和英雄站在一个阶梯
在时间的刀口上
用血肉感受火风与寒冷
从此不再畏惧，不再彷徨
造就众神之山，和英雄一起
将我神圣祖国抱紧

也许我会倒下
但我不会成为飘零的泡影
我不止于呼吸
我的精灵依旧
以梦为马，在环宇中奔腾
不久之后，我将重生
重生于历史的河岸
成为一座灯塔
为祖国巨轮照明

2021 年 7 月

七月哀歌

七月

举着带血的利刃

砍翻了文明的天秤

颠覆了天河

煮沸了雪山

揉碎了滂云

我的胸膛

灌满了七月的泥水

这黄色的酒浆

让我晕倒在庸碌的晨昏

撅断的肋骨

戳穿了智慧的谎言

满腹的浊水

泡出了贞心的原形

我的头颅

在七月的风中旋转

黑色的飘带

缠住了我的光阴

幽暗中，想起了妈妈讲过的神

无数条鞭子组成的点阵

无情地鞭挞着我的良心

摔落的每一点都是一个音节

成了我的苦苦哀鸣

我的心房

再次钻进了黑色的游魂

与白色的翅膀一起

在广袤土地上汹涌奔腾

一切清规戒律

如同一个个稻草人

在冽风中痛苦地呻吟

仿佛又扬起了庚子的流尘

这惨痛的教训

是二十一世纪的烙印

七月啊，我悲伤的七月

你应该是年岁的妙龄

充满热情、活力、雄劲

是一个成长、挺拔、茂盛的月份

可是，你背叛了节令

每一天都刻下新的血痕
让哀歌在天地间响起
世界从此惊心，而我从此沉沦

2021 年 8 月 1 日

后记：2021 年 7 月，是一个不太平的月份，河南下巨雨，生水灾，人员伤亡，财产损失；全国新冠疫情泛滥，人们惊恐、焦虑。倍感世事艰难，天不佑人。

有你的一路真好

也许你已经忘记
过去某天的某个时刻
你我相遇
走过了一段相交的路程
因为并不重要
因此就容易忘记
就像路边的花草
不易引起人们的关注
但共享雨露的时光
我们彼此欢乐
消除了寂寞和孤独
减轻了困顿与疲劳
让这段路变得明媚
我要感激你的陪伴

也许你已想不起
清晨的阳光照在小路
你我共同沐浴这温暖光雨

忘记了路途的遥远
忘记了路上的风险
共同凝望着金色的水面
心中存下浪花的温婉
就像喝了一杯美酒
让心灵重归天性
我要感激你的陪伴

我心中的熏衣草
是你一路上播散的紫色
从忧郁中走出欢乐
是你二胡中拉出的旋律
就像散在草地上的羊群
也像满天的繁星
快乐布满我生命的角落
我要感激你的陪伴

祈求你成为我的眼睛
注视着我的前行
在阡陌交叉的路上
别让我茫然和彷徨
赐给我智慧和力量
坚定地迈向远方
为了这一抹绿色

去春天种一片柳叶

将白云点燃

烧成绿色的粉儿

扑上大地的脸

感激你一路上的陪伴

2021 年 9 月

瞻 观

一幢古旧的房子，
西洋式的、精致的房子，
像一只雕刻精美的盒子。
据说，
曾经住过移星换斗的天人，
装着的故事经天纬地。

一群虔诚的蝼蚁，
举着崇拜的假意，
爬进了高大的盒子，
嘈杂中，
打听着没有情节的故事，
打量着模糊不清的影子。

2021 年 10 月

朝来暮去　　自在欢欣

从明天起，我将成为自由的人，
无需上班、下班，二十四小时
完全交给心灵。

从明天起，我就是自由的人，
不再会议、出差，所有的活动
由兴趣决定。

从明天起，做一个自由的人，
不想业绩、责任，一切的目标
聚焦到一个点——开心。

清晨，迎着太阳的笑脸，
欣赏朝霞的煜明，
在明媚的路上飞奔。

中午，坐在门前，看移动的阴影
在光影交错的世界里，

聆听万物交响的琼音。

傍晚，欣赏着被落日烤红的祥云，
置一壶老酒、一碟花生，
在发呆中，开放欢快的心情。

春天，可以在落红浮满的溪头
与溪水共语，在绿叶新舒的林下
与黄鹂对歌，在浩荡的东风中，
享受这浓浓的熙春。

夏天，与炽热的艳阳共舞，
用淋漓的汗水冲洗岁月的尘土，
在荷叶挨挨、荷花亭亭的池塘，
欣赏这热烈的芳芬。

秋天，流连于喜悦的乡村，
品尝新熟的谷粮，倾耳丰收的歌声，
在金灿灿的田园里，感念
自然的恩赐，天地的爱仁。

冬天，行走于白雪飘飘的山岭，
捧一把雪花，洒向梅林，

吟唱着"梅树成阳春，江沙浩明月"的诗文 ①，
追逐古人无羁的天性。

已是自由之身，做自由之人，
随波逐流，随滚红尘，
成时空之玩友，弹生命之竖琴，
朝来暮去，自在欢欣！

2021 年 10 月 31 日

---

① 引自唐李白《淮海对雪赠傅霭》诗。

告别上海

再见，上海！

人生的路径，
犹如牛顿的灵训：
每一颗星星，
都在自己的轨道上运行。
有些地方是驿站，
有些地方留终身。

上海！
你是我生命中的金色驿站，
我是你宏宇中飞过的微尘。

再见，上海！

一座美丽的城市，
一座舒适的城市，
一座洋气的城市，

一座精致的城市！

……

满城的咖啡，

街道上的花枝，

南京路的熙熙，

浦江边的游子，

老克勒的贵势[①]，

小青年的潮时，

……

如同大世界的万花筒，

更像豫园里的玉玲珑，

五彩斑斓，撩天吐虹。

再见，上海！

你的吴侬软语，

是一曲甜甜的牧歌，

时尚中浸透着古意。

你的新楼旧宇，

是交响乐中的音符，

演奏着一部历史……

---

① 老克勒：在上海话中指见过世面、兼有现代意识和绅士范的老白领。

你的饮食起居，

是绣娘手中的银针，

在时光的白幕上，

刺绣出一幅幅海派新姿。

你的民俗风气，

是一台丰富的综艺节目，

高雅中掖着俚戏，

华贵中夹杂妓艺。

再见，上海！

五年的春风秋雨，

五年的阴晴寒暑，

五年的爱恨情谊，

五年的功过是非，

成就了我的上海之味。

在未来的岁月中，

慢慢释放与品忆……

2021 年 11 月 24 日

我的乡村

我可爱的乡村

一个垂暮老人

仰望着青灰色的天空

如网的各色线缆

他数落着被割碎的穹顶

想起牧笛声中

悠悠的老牛

忙碌的乡亲

黛色的山岭

碧色的河流

宁静的家园

还有那永远也看不够的朝云晚景

只能在机声隆隆中哀叹

再过几十年

也许我就会消失

到那时，我的形象将化作烟云

就连故事也无从说起

2021 年 11 月 27 日

告 别

站在岁月的转角处，
回眸一路洒落的花瓣，
仿佛是一路种下的因缘
又像心底蒸腾的紫烟
理解冬的寒冷、夏的酷热
原谅所有的风霜雨雪
忘记曾经的黑夜
忘记常见的晴天
只愿花瓣变成云朵
在日落西山的时候
成为彩色的晚霞
装点这冬日的西天
待春水汹涌时
再弹响幸福的琴弦

写于 2021 年 12 月 31 日早晨

冬天畅想

叶子是秋的旅伴

从炎热的羽毛下归来

曲张的筋脉

澎湃出富裕的色彩

斑斓的迷彩是一列列出征的士兵

站在城市的街道和乡村的田野

等待风的检阅、霜的问候、雪的青睐

收获的思想一片片

落到了酡红的手掌

泡着古诗的老酒

没有醉到诗人

却让歌者

独自挂在树梢吟唱

北方，辽阔的管风琴

在天地间奏响

每一道山梁都是一枚琴键

每一场飚风都是一位伟大的琴师

驱动欢快的马蹄在琴键上

踏出猛烈而跳跃的节奏

如同迪斯科的疯狂

遮盖了一切理性

这是严冬的逻辑

所有的慈爱都是劫后的余生

消灭一切多余

只留生命的情根

默默地在黑暗中修行

如果能守住那份真爱

也许会看见自己的爱在未来盛开

雪，冬天的舞者

总是在天空悲鸣时起舞

旋转、飞翔的银色蝴蝶

轻盈地在天地间翩跹

纷纷扬扬，浩浩荡荡

大地白了，河流白了，房屋白了，树枝白了……

所有的罪与非罪有了伪装

那些涉世肤浅的少男少女

以为世界从此将在童话中成长

有谁知道

这是冬天假意的素装

用白色的袍子包裹黑色的道德

和奇怪的恋情

但燃烧的情欲如同幽灵

不断复制地狱的昏冥

一轮一轮濡染大地的发鬓

直至暖风至临，生命苏醒

青女啊，你挥舞黑色衣袖

用神仙特有的手艺

捏出亮晶晶的刀枪剑戟

送给那些驰骋疆场的战士

乌黑小手握着这些武器

在相互厮杀中乒乓作响

看着比流血更鲜红的手指

心中却充满了欣喜

这是历史河边的故事

如今留下的是一面面透亮的镜子

升起的旗帜通红璀璨

小孩、青年、老人……

所有人都站在镜子里

欣赏自己舞动的影子

如同春天里的郊游

眉飞色舞，雀跃欢语

冬天不仅是萧杀，有美

更有不断更新的故事

2022 年 2 月

血色眼泪

河清海晏的金秋
本应硕果飘香，归雁成行
却被白头鹰黑色的叫声撕碎
成了一派流霭
光明在无奈中飞散成霜
迷茫中的太阳
成了一滴血色的眼泪
挂在我冰凉的天空
四起的硝烟
在树梢和草尖上游荡

2022 年 11 月

思 念

想你的时候

我嚼着一颗青梅

穿行在漂泊的帆桅中

从青春的火红

走入古寺的暮钟

如今成了一坛老酒

沐着夕阳，听着晚风

在半醉半醒间

画着你的面容

2022 年 9 月 25 日

做自己的太阳

白天是你的
黑夜也是你的
……
我的灵魂向你坦诚
我在测量时间
　　　——奥古斯丁

过去的时间
是漂过的云朵
没向青天深处
那里一片虚无
消融一切惊世辉煌
所以，回忆只是一种狂想
走不出自恋的帷幕
在澎湃的波涛中
像海雾一样起舞
倾听蓬莱妖女的歌声
沉迷于虚构的欢途

没有到来的时间

是没有吹来的风

不知道吹向何方

带来的是雨雪还是花香

更不知吹来的方向

期待是一所监狱

禁锢了行动的思想

束缚了行动的力量

五彩缤纷的梦

会像水母一样

将时间刺伤

当下——

时间的真实

头顶天光，脚踏实地

劈柴、洗菜、做饭

养鸡、喂狗、驯马

爱恨情仇、悲欢离合

喜怒哀乐、酸甜苦辣

都是一树树满开的菩提花

蜜蜂在花隙穿梭

蝴蝶飞出了彩霞

呼吸着现在的灵魂

与时间相拥相忘

在山川湖田间
做自己的太阳

2022 年 11 月 30 日

海 雾

一

当温暖的手伸进冰冷的雾，
这浓浓稠稠的海雾。
墨山似的黑洞，
迅速吞噬了指环上的金光，
温暖的手掌变得冰凉。

二

耳畔传来远方波涛的骚动声，
海水在渔人的网眼里翻滚。
一声声号子淹没了鱼儿求生的悲恫。
混乱而殷红的声音搅动海雾，
弥漫了多少个清晨和黄昏！

三

大海融不进一滴晶莹的眼泪。
灵魂迈向海洋深处，

寻找沉没的渡船。

而泪滴像一轮朝日，

在海面上挪动、闪光，

想象着冲出海雾，

飘向沙滩、丛林与远方……

2023 年 2 月 13 日